La Lluvia Amarilla　Julio Llamazares

黄雨

〔西班牙〕胡里奥·亚马萨雷斯 著　童亚星 译

人民文学出版社
PEOPLE'S LITERATURE PUBLISHING HOUSE

著作权合同登记号　图字 01-2018-3329

Julio Llamazares
La Lluvia Amarilla

图书在版编目(CIP)数据

黄雨 /(西)胡里奥·亚马萨雷斯著;童亚星译.
—北京:人民文学出版社,2018
(中经典精选)
ISBN 978-7-02-014390-0

Ⅰ.①黄…　Ⅱ.①胡… ②童…　Ⅲ.①中篇小说-西班牙-现代　Ⅳ.①I551.45

中国版本图书馆 CIP 数据核字(2018)第 127698 号

总 策 划　**黄育海**
责任编辑　**甘　慧　欧雪勤**
封面设计　**汪佳诗**

出版发行　**人民文学出版社**
社　　址　**北京市朝内大街 166 号**
邮政编码　**100705**
网　　址　**http://www.rw-cn.com**

印　　制　**上海盛通时代印刷有限公司**
经　　销　**全国新华书店等**

开　　本　**890 毫米×1240 毫米　1/32**
印　　张　**4.125**
字　　数　**69 千字**
版　　次　**2019 年 3 月北京第 1 版**
印　　次　**2019 年 3 月第 1 次印刷**

书　　号　**978-7-02-014390-0**
定　　价　**39.00 元**

如有印装质量问题,请与本社图书销售中心调换。电话:010－65233595

中经典
精选

Novella

致克斯汀·阿勒玛姆

哀涅野确有其地。

自一九七〇年起，此地已无人居住，只是屋舍仍在。在比利牛斯山地区的韦斯卡省，这个叫做索雷波多的地方，已被世人遗忘，在茫茫雪原静静地坍塌。

书中人物均为虚构。诚然，他们完全有可能真实存在，而作者当然并不知情。

写于《黄雨》问世二十五周年

自一九八八年《黄雨》问世已过去二十五年。《黄雨》是我的第二部小说，也是目前为止读者和译版最多的小说，这虽不能表示它比别的作品更胜一筹，但也的确证明：如果作家写作的目的在于使人阅读，那么在鄙人所有拙作中，《黄雨》无疑最为出色地完成了这一任务。

除此之外，小说刚现身各大书店，几乎立即引起了让我颇为自得的、文学之外的影响。这让我很是意外，毕竟，我在创作时如何料想得到作品会给民众带来怎样的影响呢，何况，这些影响绵延至今，是读者对《黄雨》的认可度远远超过对普通小说的主要原因。

事实上，人们络绎不绝地造访哀涅野——故事的原型地，虽然已沦为废墟，但依然存在（该地位于韦斯卡省的索雷波多地区，景色优美，人烟稀少，条件艰苦）；给姑娘们起上与这个地方相同的名字；在每年十月的第一个周六[①]成群结队地重走书中主角当年从偏远的哀涅野下山的道路；甚至有读者将《黄雨》视为俗世的《圣经》，因为它前所未有地使这片原野如失落的天堂般重获新生。凡此种种无不表明——至少就我写作的初衷而言——部分读者对于《黄雨》的解读已经超越小说的范畴。在我眼里，《黄雨》原本只是一本普通小说，与其他小说相比无谓优劣。当然，倒也不至于成为最肤浅的那本。在出版初期，我以为它会读者寥寥，受到冷遇，还把这一想法告诉过我当时的编辑，已故的马里奥·拉科鲁兹。在我的第一部小说《月夜狼影》出人意料地大获成功后，他满心期待这第二部，坚信它的成绩足以比肩我的小说处女作。

《黄雨》的成绩没有"比肩"《月夜狼影》，而是远远超过了后者。我异常惊讶（马里奥·拉科鲁兹同样惊讶，后来他坦言，他从未奢望这样一部作品会大受欢迎。归根结底，这无非是一个幽居荒村者临终前的内心独白）。小说在短短几月内数次再版，跻身畅销书行列，斩获无数好评（当然，也不乏差评）和包括当年"西班牙图书金书奖"在内的若干不期而至的奖项，并开始在国外出版，且延续至今。然而，撇开辉煌的销量和如潮的好评，最让我惊讶的莫过于小说从一开始就在民众中形成

① 应为西班牙每年十月七日纪念圣女罗莎里奥的庆典活动，民众往往在十月初组织纪念仪式——译者注。

的冲击力，且这种冲击力的社会意义远超文学意义——相信我这样说不会削弱小说的地位（即使削弱也无妨，毕竟我是作者，我有资格说这话）。这与西班牙乡村人口减少这一恰好产生于《黄雨》描述的年代的现象相切合。就这个话题而言，《黄雨》亦可算作以文学笔调对此进行探讨的先驱之作。如同《月夜狼影》，我在《黄雨》中再次不经意地涉及了这样一种话题：除了我，还有成千上万有过相关经历的读者也对此颇为关注，但他们却从未在别处读到过同类题材的作品。

《月夜狼影》是除了佛朗哥时期的寥寥几例之外（还显而易见都是站在佛朗哥的立场），西班牙的第一本游击队题材小说。我得承认，《黄雨》的成就一部分归功于它诞生得恰逢其时。对此我不但不曾有丝毫料想，而且恰恰相反，我以为在八十年代这种对现代化生活满怀憧憬的时期，一部关于死亡和乡村人口减少的作品恐怕跟我的写作风格一样，相当不合时宜。所幸，这一点并不会削弱我的自豪之情。除了西班牙国内外不计其数的读者，小说还让我结识了大量朋友。他们当街向我倾诉小说如何让他们深受震撼（不少人还夸耀自己已经送出几十本、甚至上百本给亲朋好友）。更有像胡里奥·加文和恩里克·萨图埃一样深爱着比利牛斯山的索雷波多这片土地上的阿拉贡人（胡里奥致力于挽救当地财产，保护被居民们遗弃的废墟；恩里克则和哀涅野地区颇有渊源，那是他母家的故里。同时他也在开展关于此地的调研，最新的一篇专著恰好名为《哀涅野，泛黄的记忆》)，他们把我视作老乡，将我除了这本小说之外跟这一地区毫无交集的事实抛之脑后。哥伦比亚诺贝尔文学奖获得者加西亚·马尔克斯说过“写作是为了交友”，如果此言属实，那《黄雨》同样也出色地实现了这一目标。

《黄雨》问世二十五周年之际，赛斯·巴拉尔出版社再版了这部小说，并随书附赠一张由爱德华·鲁伊斯·德·拉·克鲁斯制作的风光纪录片 DVD，以飨读者。除了茵康斯坦特斯戏剧公司根据小说改编的戏剧片段（之前还有另两部分别由荷兰和西班牙改编成歌舞剧的作品），纪录片中还收揽了哀涅野有人居住时及荒芜初期的风光，既与文字相得益彰，亦可吸引读者，帮助他们了解小说的场景原型。

我个人深切感谢出版社的此次再版，感谢再版给予我机会，向读者朋友们一直以来的亲切和热情（当然，针对小说的感情远大于针对我本人），以及向所有为本书的成绩做出贡献的友人致谢。诚然，即使《黄雨》籍籍无名，我也会一如既往，坚持写作。在如今这个一切都匆匆而过、转瞬即逝的年代，感谢小说在二十五年之后依然广为传阅。

1

他们赶到索雷波多岭时，大概会是黄昏时分了。厚重的黑影会像浪潮一样逼近山峦，血红的残阳即将落下，无力地照射着一簇簇荆豆和大片废墟瓦砾。在那场侵袭了包括牲畜在内、熟睡中的索雷波多岭上那家人的大火发生前，这片废墟上曾是他家那孤零零的老宅。

领队可能会停下脚步，打量这片废墟，打量这无边无垠、晦暗孤寂的景色。他会默默地画十字祈祷，等着其他人赶上来。那晚恐怕大伙儿都会来：帕诺家的何塞，莱西诺，楚阿诺鲁斯，烧炭工本尼托，阿尔内托和他的两个儿子，还有巴萨家的拉蒙。他们都是在经年劳作中硬朗起来的汉子，英勇顽强，生来就看惯了这片大山的哀伤孤苦之气。可哪怕如此，哪怕那天晚上，他们全都会提枪携棍，胆怯不安的阴影还是会笼罩他们的双眼，拖住他们的脚步。他们大概会花上点儿时间观望一番那烧焦老宅的断壁残垣，接下来，就是远处的那个地方，已经有人用手指着那儿了。

远处山坡对面，哀涅野残存于岩石和梯田之间的屋顶和树木，都渐渐隐没在片片夜色中。这里朝东，夜幕总是早早降临。从山腰上看，哀涅野如同一个用破败不堪的石块拼凑成的大圆球一样悬挂在山上。只有在低处的房舍——它们被潮气侵蚀、河流拖拽，滚落而下——最后一丝阳光才勉强在玻璃和岩石间挤出一丝反光。除此之外，就是铺天盖地的寂静。听不到声响，看不到炊烟，路上没有一丝人影，甚至没有哪扇窗户后悬挂的帘子会轻轻飘摇。他们找不到任何生命迹象。不过，这群从索雷波多岭高处的荒地眺望哀涅野的人一定知道，在这里，在这漫天静寂的阴影中，我已经看见了他们，我会等着他们。

一行人重新上路，过了那片烧焦的废墟，山路开始往下，穿过橡树林和乱石堆，直通山谷。岩壁间的小路紧贴山腰，骤然收紧，如同一条拖曳着身子寻找水源的巨蟒。小路时而隐没在灌木杂草中，时而好长一段距离都彻底躲进厚厚的青苔和荆豆丛下。这些年来，除了我，没人走过这路。这群人将一言不发，一个紧跟一个缓缓前行。他们很快会听到河流低沉的咆哮。可能会有一只猫头鹰——说不定就是此刻飞过我窗前的这只——在橡树林中高声鸣叫。等到天全黑了，领队会摁亮手电筒，停下脚步，其余人立马一一效仿。似乎被同一片阴影吸引，众人的目光会齐齐盯住山沟中的丛林。然后，就在所有人的手都紧张地摸索着各自的武器时，迎着手电泛黄而鬼魅的灯光，他们将会看到杨树林中磨坊的轮廓。磨坊还没有倒塌，在腐烂的杂草和世人的遗忘中勉强矗立着。更远处，哀涅野忧郁的夜景与天色融为一体：哀涅野已近在眼前，一扇扇窗户后，一双双空洞的眼睛死死盯住他们。

一行人踩着老旧的木桥和紧实的泥土过河时，无不全神贯注，听着河水汩汩作响。恐怕那时候，会有人恨不得掉头折返。不过来不及了：道路随同河流隐没在眼前的一堵堵矮墙后，大伙儿的手电将会照亮这片愁云惨雾的景色：墙和屋顶破败不堪，窗户落地，门框窗框通通散架，房屋整栋整栋倒塌，活像遍地牲畜跪倒在周围那些幸免于难、虎视眈眈的同类前。此刻，这一切统统透过窗户，落入我的眼帘。满眼的荒芜和遗忘之气已经让这里和真正的坟场相差无几。来者中恐怕有不少人还是第一次见识荨麻那可怕的威力，它们主宰了街道和院落，又开始攻占和亵渎每家每户的心灵和回忆。到那时，不止一人会暗自揣度：除了疯子，恐怕没人能在这么多年里独自忍受这般死寂和荒凉。

好一阵子，大伙儿都会在这片死寂中打量着村子。每个人都打小就知道它，甚至还有人曾在此安家落户，他们该是会记得当年每逢秋假或圣诞时走亲访友的场景。也有些人回来过，这都是近几年的事儿了，人们开始弃村而去时，他们就来淘点儿牲畜或旧家具，而离去的村民对此毫不计较，也没对这些家什有多少指望，但凡能换点儿钱，让他们在山下或首府萨拉戈萨开始新生活，卖了它们也没啥可惜。不过，自从萨比娜过世后，哀涅野除我之外再无别人，没人还记得我，我就像一条谁都不敢靠近的疯狗，只得独自啃噬回忆和尸骨。没有人再大胆回来过。已经十年了，孤苦漫长的十年。或许，每个夏天的午后，当这群人赶着牲畜上山砍柴时，都会远眺村庄，可谁又能想到，世人的遗忘，究竟在我这具行尸走肉般悲哀的躯体上，啃下了多少触目惊心的斑斑牙印。

要这群人认出我的家一定相当费事。撇开那已经模糊的记忆不谈，单是这夜色和这废墟就会让双眼愈发迷茫。恐怕有人寻思着最好直接叫我的名字，打破这安静的迷雾，让声声呼唤来寻找我，让这呼声穿越洞开的房门、破碎的玻璃和厚重的阴影。正是这阴影，连同此刻那无法破解的夜色，吞没了他们的记忆。不过单单这个想法就可能让他们不寒而栗：在这屋外大呼小叫，跟在坟场呼叫没什么两样。在这儿大呼小叫，只会搅乱这平稳的夜色，打扰亡灵们的沉睡。

于是众人会打定主意，继续悄声寻我。他们三三两两紧挨着，借着手电的微光，会走遍整个村子。每当记忆无能为力，就任凭直觉牵引。大伙儿将会游荡在每条街道、每个院落，甚至开始绕起圈子。最终，兜兜转转了好久，时而驻足，时而折回，他们终于能听到黑暗中传出圣水池的水声了，然后将会在荨麻地里发现那个满是黑色淤泥和伤感气息的水池，但还得折腾好一阵子，他们才会看到教堂。其实教堂就在旁边，紧挨着水池，不过直到铁十字架猛然划破手电光，大伙儿才会发现它的存在。众人手拉着手，几乎不敢上前，只远远看着荆棘丛生的门廊、腐烂的木头，还有屹立于废墟上坚不可摧的芦苇堡垒。教堂的残躯如同一棵石树，又像一个独眼巨人，生存的全部意义莫过于向上苍放射它那空洞的独眼的狂热。好在对大伙儿来说，这令他们备受折磨的探索哀涅野之路，终于在这个夜晚有了方向。

在教堂后面、贝斯科斯家的老宅前，恐怕他们又要停下脚步，一时回不过神。不过，破烂的屋顶和爬满门窗的茂盛的常春藤会立刻让他们确信：这儿早就没人住了。我家就在大伙儿身边的一片核桃树影和已看不出轮廓的菜园中，挡住了贝斯科斯家对面的巷子。屋子的四壁爬满了高高的荒草。由于没人打理，让水流进水渠，圣水池的水在路上肆意流淌，流过一棵又一棵树木，侵蚀了树干，催生出苔藓。众人挤成一团，借着手电光搜寻门廊和马厩的轮廓，还有旧棚屋的废墟，以及门窗后那沉闷的气息。或许一开始，他们会以为这房子和别处一样，也没人住了。遗忘的藤蔓在这里纠结缠绕，没有任何征兆——哪怕是一闪而过的直觉——会让他们意识到，眼前就是他们寻找多时的房屋。接着，或许是那如同黑色黏液般浸透了屋子每个角落的寂静让众人开始猜测，并随即确定：他们已经来到了这扇门前。当年，我在哀涅野找不到任何人帮我安葬萨比娜时，正是他们中的一些人，把萨比娜的棺木从这扇门抬了出去。

推门时，生锈的锁环发出的声响将彻底惊扰平静的夜晚，划破它深邃的宁静。大胆的推门人像是自己吓唬自己一样，会立刻退回来，一群人僵在原地，一动不动，静静聆听锁环的回声在村子里回荡开来。一时间，这声音甚至给人一种会永不停歇的错觉。大伙儿开始害怕这声响会让整个哀涅野从长久的睡梦中惊醒，害怕那些已故居民的魂灵会突然回到各自家中。还好，挨过了漫长的几秒钟之后，哪怕是在众人如此期望找到点儿什么的这幢屋子里，也不会出现丝毫怪异的迹象。寂静和夜色将再次笼罩村庄，手电光也重新撞击在房门上，却依然不会搜寻到他们正对面，我那幽微的目光。

好在大伙儿也能料到我走不远。墙上那道道黑色缝隙发出的低吟、仙人掌的阴影会这样告诉他们，窗户后深不可测的夜色也会这样告诉他们。大伙儿猜测，看到他们走近，我早就把自己藏在了屋子最黑暗最隐蔽的角落。不过也有可能不是这样，有可能正好相反：我料到找我的人必定直奔此处，所以肯定会躲到山里，或是躲进别家屋子的废墟阴影中，或许此刻，我正从他们身后窥视着他们的一举一动。不管怎样，大伙儿都坚信，但凡他们还在村里，我是绝不可能主动走出自己的藏身之处的；即使我被找到，也必定会奋力反抗。

但他们别无选择。不管他们何时来哀涅野，都只会是为了找我。一旦到此，在这幢屋子前，连渐渐深沉的夜色都会跟他们作对。而此时此刻，在白蒲萨村的厨房里，他们的妻儿还在焦急地盼望他们归去。所以，迟早会有人打破众人的迟疑，紧握枪杆，果敢地靠近屋门，借着旁人的手电光瞄准门锁。没准这人还示意众人退后，不过来不及了，有力的枪声会猛然响起，震得所有人僵在原地。

待众人回过神来，枪声已然平息。刺鼻的气味会侵扰整条街，一股青烟在园子里的树丛上空弥漫开来，消散在夜色中。大家小心翼翼地靠近屋门。门锁已经像干柴一样炸开，轻轻一推，门廊就会暴露在手电光下。众人呼吸急促，脉搏都快炸开，手忙脚乱地搜遍楼下的所有房间，搜遍储藏室和尚有一丝余温的孤零零的厨房，还会搜遍地窖里每一个黑暗的角落。从那一刻开始，一切都会发生得让人猝不及防。从那一刻开始（包括几小时后众人试图回忆和讲述这一切时），没人能说得清先前的猜疑是怎样得到了证实。当第一个人冲上楼梯，所有人都会猜到早已在此等候他们多时的一切。突如其来的莫名寒意和满是邪气的声响都会向众人预告接下来的场景。所以，当手电光最终找到门后的我，没人会惊声尖叫，没人会画十字祈祷或露出厌恶的神情。我和衣躺在床上，双眼直勾勾盯着众人，身上满是苔藓和鸟儿的啄痕。

2

没错，他们找到我时就会是这样：穿戴整齐，直直地看着他们，一如我当年在磨坊那废弃的机器边找到萨比娜。只是当时，我别无陪伴，身旁只有小狗，还有云层撞击在河边树丛后粉身碎骨时那凄厉的呻吟。

（真是奇怪啊，我居然还记得这一切，此时此刻，时间都已快走到尽头，恐惧穿透了我的双眼，黄雨模糊了记忆，模糊了亲人们的目光——除了萨比娜的。我怎么可能忘得了，当我拼命解开缠绕着她的绳结时，她那直视我的冰冷目光？我又怎么可能忘得了那个十二月的漫漫长夜？那是我独自在哀涅野度过的第一夜，生命中最漫长最孤苦的一夜。）

那时，胡里奥一家已经搬走两个月了。他们等到黑麦成熟，就把收成、绵羊和旧家具拉到别斯卡斯卖掉。随后，十月的一天早上，天还没亮，他们就在那匹母马身上驮满家当，离开大山，朝着公路起程了。那晚，我跟以前一样躲进了磨坊。每次有人离开，我都这样，省得告辞，省得有人看穿我的苦楚。随着哀涅野渐渐人去村空，这苦楚愈发让我心烦意乱。我坐在昏暗的磨坊里，跟那些破旧机器的零件没什么两样，就这样听着远去的人声一点点隐没在下山的小路上。不过不会再有下一次了。胡里奥一家走后，我和萨比娜成了整个哀涅野仅有的居民、仅有的生的希望。正因为如此，我才在磨坊躲了一整夜；正因为如此，当胡里奥一家一大早去敲我家的门时，只有萨比娜听得到。不过她也没下楼开门，甚至都没到窗边辞行或是看一眼。她的记忆和心灵都被她自己的哭声撕裂，她把头埋在枕头下，躲着声声门响，躲着远去的阵阵马蹄。

那年秋天特别短。十月间，远山就和地平线融为一体，没几天就刮起了北风。一连几天，我和萨比娜就在马厩里看着北风刮过孤零零的田野，吹得园子里的围栏和篱笆东倒西歪，无情地打落还没开始泛黄的白杨树叶。一连几晚，我和萨比娜就坐在火炉旁，听着狂风像疯狗一样在屋顶咆哮，似乎这个忧郁的客人永远都不会离我们而去，似乎它的突然造访只有一个理由：陪伴我和萨比娜，在哀涅野度过这第一个只有我们两人的寒冬。

然而有天早上，当我们醒来，透彻的寂静像是在宣告：连这个访客也离我们而去。透过窗户，我们还看得到它留下的痕迹：石头和木块七零八落，电线杆子倒在地上，树枝折断，田野和墙壁化为平地。那年的风比往常凶猛多了。在低处的山涧，这北风愈发暴虐，将数不清的白杨掀翻在地，另一些则被刮弯了腰，树根歪斜，树底的土壤也被搅得一团乱。离开前，狂风像受伤的野兽，惊慌失措地在栋栋房屋间乱窜，怪异地在地面撒满鸟雀的死尸和枯枝败叶，看起来像一场野蛮残酷的浩劫后无辜的牺牲品。树叶在墙边一圈圈堆叠起来，鸟儿横尸其间——狂风曾拖拽着它们向大树或窗玻璃猛撞。有几只甚至依然在屋檐下或树枝上悬吊着，另一些则笨拙地扑扇着翅膀，在街上垂死挣扎。整个上午，萨比娜都拿着块破雨伞布在街上收捡它们的残骸，然后在劳洛家的院子里挖了个坑，在我和小狗绝望的目光中，给它们浇上油，一把火点燃了这场大风留下的罪证。

十一月很快到了，月光惨白，满地枯叶。白天越来越短，火炉旁的漫漫长夜开始一步步把我们推进深不可测的麻木、冷淡和无情的荒漠。在这样的冷漠面前，所有的话语都显得支离破碎，无边的黑暗和寂静侵吞了所有回忆。早些时候，胡里奥一家还没走（或者再早些时候，托马斯还在世，一个人苦守着老房子和对一家人的回忆），我们会聚在屋子里，一连好几个小时围坐在火堆旁，任凭风雪在屋顶呻吟，靠讲故事和回忆过去来打发冬夜。比起血脉情谊，倒是那火堆更能把我们联系在一起，聊天也只是为了驱赶寒冬的悲苦。而眼下，炉火和闲聊反倒让我和萨比娜愈发疏远，回忆也让我们日益沉默隔阂。就这样一天又一天，当雪花开始飘落时，我们的心里早已积雪成冰。

十二月的一天，圣诞将至。这是我俩独自在哀涅野度过的第一个圣诞节，所以也成了我们最害怕的一个圣诞。那天我起了个大早，带着猎枪上山，来到艾斯卡丁①家的畜厩。沿着墙根寻找冰层下的土豆根的野猪已经把园子拱了个遍，墙边那溜新翻的泥土就是这夜晚秘密造访的证据。尽管如此，小狗还是用了好长时间才找到野猪的踪迹：它毕竟还小，时不时就会追着飞鸟钻进树丛；一道道从山口刮来、被白雪那无形的双手抚摸过的冷风又混淆了山野的气息和野猪的味道。到了中午，我们几乎要放弃时，我终于在远处的荆棘丛里看到了野猪。它穿过拉月萨小溪，满身泥土，沿着山坡，恰巧跑向我所在的方向。我示意小狗待在原地别出声，自己趴在一堵墙后，手握匕首，备好猎枪。前一夜的大餐让野猪身形肿胀。显然，这段日子以来，它已经习惯了这荒无人烟的村庄给树林和原野带来的安静肃杀之气，此刻，它正在橡树林间迈着缓慢笃定的步伐沿山而

① 本书中，“艾斯卡丁”既是姓氏，也是道路和村庄名称。

上，走得沉稳自信，俨然认定自己是这片天地唯一的主人和居民。子弹爆开了它的右眼，把它击退到一米开外才倒地。野猪惊愕地发出悲惨的嚎叫。然后我补上另外几枪，其中一枪打在肚子上，另一枪正中咽喉。最后我走上前，再补上深深的一刀，结束了它痛苦的垂死挣扎。

那晚我一直睡不着。风在屋顶和窗玻璃边越刮越猛。小狗在门廊冲着远处那血淋淋的野猪狂吠。那畜生大嘴朝下，被一根粗绳倒挂在屋梁，那天下午，我就是用那根粗绳把它拖回了家。我们的生活中已经很久没啥新鲜事了，那晚我迟迟合不上眼，像是把自己嵌进了一个封冻的画框，反复回味着午后的每一个细节。

我醒来时天还没亮，屋里一片漆黑，只有一道冷冷的光线打在玻璃上，拘谨而诡异地勾勒出长方形的窗户。那是雪光，它像一道古老的白色诅咒降临哀涅野，准备再一次掩埋房屋和道路。风已经减弱，深邃的宁静铺陈开来，将整个村子填埋在无助和沉寂里。有那么几秒钟，当困意再次向我袭来时，我看到童年的雪景在我双眼间展开，仿佛窗户和大雪都已与回忆融为一体，在夜色中又添加了重重夜幕，将最初的孤寂从遗忘中拔起，将目光和梦境转化为回忆。我沉浸在这样的雾霾中，翻了个身，打算再睡一会儿。就在那一瞬间，我猛然意识到萨比娜不在床上。

我把屋子找了个遍也没见着她：楼下的每个房间、厨房、储物间，然后又找了厨房、阁楼、储藏室。小狗也不在门槛边，只有黑乎乎的野猪还悬在梁上，鲜血划破惨白的雪地，在地上汇成一道小沟。我在门边发现一行模糊的脚印，于是沿着墙根慢慢跟了过去。团团雪块在我眼前炸开，莫名的恐惧随着夜色滋长。脚印延续到了胡安·弗朗西斯科家，在棚屋后一个急转，消失在远处教堂的废墟中。我站在街边，哆哆嗦嗦地打量着周围无比孤寂的夜色，凝神细听，只有自己的呼吸勉强打破这铅块般沉重的漫天寂静。我在外套里缩成一团，躲着风雪，继续跟着萨比娜的脚印。就这样，我穿过了整个村子，留意着每一丝动静，一步一顿地探寻这夜色，直到慢慢走过了学校的废墟和加文家的畜棚，雪地里的脚印才变得清晰有力，“萨比娜就在附近”的念头也从揣测变成了预感。我终于看到了萨比娜，她站在路的尽头，快要消失在通往白蒲萨村的小道上。那一刻，我就已经知道，那个场景会让我永生难忘：静谧的白雪中，孤寂的废墟间，萨比娜如同一个幽灵、一道虚幻的微风般游荡在村子里，小狗温顺地跟在她身后。

接下来几天，夜夜如此。清晨五六点，当夜色还缠绕在山间，萨比娜就从床上起身，悄无声息地带着小狗走出家门，在积雪的街道孤零零地游荡，直到第一道晨光降临哀涅野。她起身时我总是假装睡着，然后从窗户看着她，直到她的身影消失在街道尽头，我才回到床上，试图挽回被打断的睡意，却总是徒劳。我在床上翻来覆去，努力想为萨比娜的悲伤找个说法。每当我早上起床，她都已经坐在厨房的火炉旁，青烟让她呼吸急促，目光却悠远深长。

日子就这样匆匆而过（尤其是从大雪夹杂着冰旋儿闯入我们的生活、天空变得湿淋淋的那天起），萨比娜一天比一天木然、沉默。她要么一连几小时坐在火堆前，要么就透过窗棂看着荒芜的街道，压根儿不理会我。她像道阴影一样在家里飘荡，我用眼角瞅着她，对她眼底的疏远和冷漠无计可施，更不知道怎样才能打破那道厚重的沉默的铁篱，这铁篱恐怕会占领整栋屋子，占据我的内心。似乎突然之间，所有的言辞都变得空洞无用，似乎柴禾燃烧的青烟在我俩之间筑起了一道无形的屏障，将我们变得形同路人。屋外大雪封路，我坐在萨比娜对面，要么陷入黑暗浑浊的困倦——这是夜里失眠、饱受折磨的后果——要么也一连几小时呆呆地看着荆豆随同我的片片回忆一道化为灰烬。可有时候，寂寞的喧嚣竟会如此强烈，如此深沉，让我忍无可忍，只得走出厨房，到阴暗的门槛边，向小狗寻求一丝暖意和一道更有人情味儿的目光。

萨比娜死去的那晚，她起得比平时早多了。凌晨一点半，我们睡下才刚一个小时，我躺在阴影中，假装睡着——事实是我越想睡着，越做不到。空荡荡的床单让我猛然感到一股寒意，然后我听到衣服摩擦的窸窸声，还有萨比娜在楼道上悄悄远去的脚步。我还感觉到小狗听到声响，一跃而起，最后是萨比娜出门时门锁铰链嘶哑的转动声。不过那晚我没有跟踪她，甚至都没到窗边去看她朝哪儿走了。那晚，莫名的寒意冻结了我的心房，让我僵在被子下一动不动，任凭无声的黑暗和焦虑占领整个屋子。就这样过了几个小时，我听着寂静和白雪窃窃私语，直到天蒙蒙亮，我终于等累了，有了睡意，如同一具轻飘飘的尸首，陷入混沌无边的噩梦里：连日的大雪已经铺满了房屋和街道，压得门窗变形，一点点填满了每间屋子、盖过了每堵墙壁，几乎快要埋葬这张床。一种诡异的力量把我粘在床上，让我起不了身，无法逃离这无尽的梦魇。

我醒来时，天刚刚亮。冷冷的晨光在窗户上投下寒光，那是冰雪和我睡梦的痕迹。这寒光一时间竟让我怀疑大雪是不是真的已经越过窗户，我已然葬身雪海。我边穿衣服边看向窗外，雪已经停了，浓雾不怀好意地笼罩在周遭的树木和房屋上空。这雾气如此沉重，如此压抑，让我不得不猜想，家里新一天的炉火青烟是不是都已经驯服地化解其中。可是，厨房里压根儿还没生火，萨比娜不见踪影，小狗也不在门槛边。那一刻，电光火石间，仿佛晨光猛烈撞击了我所有的感官，仿佛这个家无边的失意在我双手间爆炸开来，没来由的猜疑主宰了我，将这安静变成新的噩梦，而昨夜的噩梦，则成为一道预兆。

街上，浓雾紧贴着每道墙壁，晨霜冰冷的湿气让新踩的脚印也变得模糊不清。巨大的沉寂盘旋在村子上空，伸出它肮脏的舌头，在栋栋房屋的阴影中翻搅出遗忘的腐朽气息和积蓄多年的尘埃。我轻手轻脚地关上身后的家门，又摸了摸裤兜里熟悉的匕首。我屏住呼吸，生怕它老远就出卖我的行踪，然后踏上了萨比娜每晚独自走过的道路。赶在云雾让我迷失方向前，我一步步慢慢走着，踩出深深的脚印，就这样走遍了全村，还是没瞧见萨比娜。我找遍了每道门廊、每个角落和每堵墙壁，挨家挨户，一条街又一条街地搜遍了整个哀涅野，却毫无结果，似乎萨比娜已经被白雪无声地吞噬，似乎她瘦削的身影已经永远消逝在浓雾中。尽管如此，我还是向教堂的废墟看了最后一眼，就在准备回家时，我想起还有个地方没找过。

老远，我就看见小狗趴在路当中，活像雾中的一道阴影。它蜷在雪地里，仿佛试图从干枯的杨树中寻求一丝庇护，那样子就像被残暴的河流淹死后又抛落岸边的死尸。我穿过木桥，加紧脚步，压低声音叫它。小狗看见我，并不是像往常那样直奔过来，而是原地站起，朝着磨坊大门慢慢后退，一眼不眨地盯着我。我弄不清它是在给我指引方向，还是恰恰相反，想拦住我的去路。只是，从它的双眼间，从它一看到我就一反常态、饱受威胁的举动中（那举动让我想起它守着雪地里的野猪时那可怕的孤独样儿），我瞬间明白了它的身后、磨坊大门的后面，等着我的是什么。我立即冲上前去，一脚踹开大门：萨比娜果然在里面，她悬在那辆老磨车上，身体还在摇晃，双眼圆睁，勒住她脖子的，正是我几晚前在家里挂野猪的那根粗绳。

3

那根绳子是我关于萨比娜唯一的纪念品。我现在还留着它，就缠在腰上。我盼着有朝一日，当大伙儿找到我的尸首时，这绳子能跟我的其他衣冠一同下葬。至于余下的一切——画像、信件、照片——早就在坟墓里等着我了。

我把萨比娜从梁上抱下来时，又悲又惊，竟然忘了解开紧绕在她脖子上的那根悲伤的绳索。直到出了磨坊，我在雪地里拖着她，才重新意识到这绳子的存在，我不知道怎么处理，于是几乎是下意识地把它系在了腰间——把萨比娜的尸体弄回家已经相当吃力——免得这绳子让我更加举步维艰。

又过了好几天，我才再次想起那绳子。一连串事情（白蒲萨村的居民的到来——几近疯狂的我在雪地里走了好几个小时山路，才终于通知了他们这一切——寂静漫长的夜晚守灵，以及最后在那天清晨冰冷的十字架下埋葬萨比娜）和人们散去后侵吞了整个屋子的可怕孤独把我变得麻木不仁，好多天都缓不过来。我没日没夜地坐在火炉边，不吃不睡，甚至动都懒得动，顶多站起来，透过窗子瞧瞧小狗的身影。一个又一个下午，它都瘫在门边，活像一块破布。我甚至没发现绳子还在我腰间，就像一根粗糙的腰带或一道恶咒。

时至今日，我发现绳子时的震惊依然历久弥新：这条用经年的干细茎针茅编成的粗陋绳索，穿过皮肤，浸透血液，如同一道伤口一样撕裂了回忆。曾几何时，我们以为自己忘掉了一切，以为锈迹斑斑、布满尘埃的岁月已经全然摧毁我们昔日的信仰。然而，只要一丝声响、一抹色彩、一次不经意的触碰，都能无情地瓦解时光的沉淀，让记忆如同一道疯狂的闪电，亮彻心房。何况那天晚上，记忆本就依然鲜活。或者说，那根本还不是“记忆”，而是一直停留在我目光中的影像在不断更迭。四周一片漆黑，我僵在床边，疲劳和困倦让我快要散架了，不知道是该坚决果断或是忍气吞声地面对已经在被单间等候我好几晚的无尽孤单。就在脱衣服时，我双手碰到了异样的物体，绳索那突如其来的粗糙手感从头到尾镇住了我，我僵在床边，不知所措。

我的第一反应是一把火烧了它，可我回到厨房，火已经灭了，余灰也在静夜中缓缓燃尽。要想烧绳子，还得重新生火，可我已经焦躁不安、疲惫无力，何况柴禾也所剩无几，还得去马厩里拾柴。我又想，最好先把绳子随便放着，等第二天起床，我更冷静、更清醒时，再生起火，坐下来欣赏这东西一点点被烧焦。可是，不管在厨房还是家里别处，我都找不到可以安放它的地方。想象着那晚萨比娜回来取这根绳子的样子，还有我自己回荡在家中的脚步声——我就像一个想为自己的凶器找一个坚不可摧的藏匿之处的凶手——我立即明白：但凡这绳子还在家里，我就不可能睡得着，甚至连上床的念头都没法动一动。后来，我越来越冲动，觉得绳子像是要在手里烧起来，我只好来到街上，在雪夜里用力把它扔出老远。

我记得我睡了很久，可能有十几二十个小时，说不定更久。说不定我睡了好几天——我想不起那些天怎么过的，也再没经历过那样的日子——所以我眼底的光线并不像我当时以为的那样是第二天的晨光，而是两三天之后的。谁知道呢。我连当时都压根儿没想搞明白，现在就更无所谓了。我只知道我睡了很久，睡得麻木、深沉、长久，当我醒来，又是一个黄昏来临。

小狗还是一动不动地趴在门槛边，几乎连姿势都没换过。它趴在阴影中，看着白雪飞快地越过了畜栏矮墙和窗户底沿，连听到我下楼也懒得回头看一眼。它一定饿了，跟我一样，已经好几天粒米未进。我在家里找了又找，终于在一个角落里捣腾出一小块已经冻得变了形的面包。我把它扔给小狗，可它瞟了一眼，反应漠然，动也懒得动。过了一会儿，它稍稍回过头，用冰冷无神的双眼紧盯着我，那迷茫的神情，和几天前我在萨比娜那被白雪灼伤的失神的双眼中看到的一模一样。

夜幕再次降临哀涅野。我终于从深沉的长睡中醒来，最初我以为看到了新一天的晨光，结果却只是一道游离的阴影。每个冬日黄昏，正是这道阴影将群山与地平线分隔开来。我冷得不行，于是找来一把铁锹，在雪地中挖开一条小道，直通园子。由于我睡着时又下过雪，齐腰深的冰雪重重堆叠，已经完全盖住了园子。我挖了好一阵子才打开栅栏门，取走需要的柴禾。随后我让小狗进到厨房，自己又一次准备在火炉旁熬过漫漫长夜。一生起火，火苗上下跳动，令人愉悦的温热气息在屋内缓缓蔓延开来，就在这时，我想起了之前被我扔到街上的绳子。

我叫上小狗，打着手电出了门。门外，阴风卷起树枝，肆意抽打着屋顶。天空一片漆黑，沉重的夜幕更是压得它臃肿无比，却有一星明目的光亮笼罩着我身边的街道和村庄。积雪成冰，靴子踩上去也几乎纹丝不动。小狗一步一滑地跟在我身后，直到——在我努力回忆下——到了那晚绳子可能掉落的地方。我不确定小狗是否知道我在找什么，不过它一直在我身旁嗅着，从园子里到河岸，从贝斯科斯家的篱笆到教堂拐角，嗅遍了街上每个角落，却毫无发现——新雪可能已经掩埋了粗绳。萨比娜趁我睡着时回家拿走它的景象又一次纠缠着我。手电一次次掉落在冰封的街道，却照不到我苦苦寻找的那弯弯曲曲的东西。我回家拿来铲子，铲翻了那附近所有积雪，还是一无所获。最后，我大汗淋漓，气喘吁吁，双手僵冷，呵气成冰，不得不回到厨房，坚信自己很长一段时间都不会再见到那绳子了。

我很快忘了这事儿。雪地里徒劳的寻找后，我和小狗带着睡意回到火炉旁，深夜的疲乏和柴火的青烟渐渐从我脑海中擦除了关于绳子的那段不幸的记忆——恐怕那玩意儿现在静静地躺在大街上的坚冰下吧，这就足以让我平静了。那一刻我全然不知，就在当晚，另一个威胁已经悄然临近，将我的灵魂推向深渊。

一切都是从发现萨比娜的那张老照片开始的。那照片一直挂在厨房墙上，就在萨比娜生前常坐的椅子上方。如今斯人已去，只剩椅子孤零零地立在我对面。那是一张泛黄的老照片。萨比娜穿着礼拜服：寒酸的黑衣，披在肩上的灰线方巾，还有为了拍照而专门戴上的婚礼时的耳环。照片是当年我们去车站为卡米洛送行时，韦斯卡的一位师傅给她拍的。后来我把照片镶进木框，挂在墙上。从那时起——已经是二十三年前了——它就一直在那儿。照片中，萨比娜的双眼就这样熟悉了周遭的景色，一点点将这景色融进自身，最终将它转换为一段回忆，墙上的目光也正是从这段回忆中学会了凝视。所以，那晚，当我猛然撞上那张泛黄的照片时，萨比娜的双眼直视着我，仿佛那一刻，我俩才刚刚认识。

我猛地一怔，赶紧把目光移向火堆。木柴在火焰中痛苦地炸裂，小狗温顺地趴在一旁打盹，完全无视我的目光，无视灰尘扑扑的孤墙上那守护着它安睡的照片。似乎一切都与以前的每个夜晚别无二致，厨房里，我身边的一切都一如既往，可是，在火苗令人心悸的反光中，在将会永远空荡荡的座椅靠背上方，萨比娜的双眼紧盯着我，执着地追寻着我的目光，好像它们依然活在那堵墙上。

随着夜色渐深，那张照片越来越让我心烦意乱。我把目光集中在升腾的火苗上，然后闭上双眼，努力想睡着。可是没用，萨比娜泛黄的双眼还是紧盯着我，她长久以来的孤寂像一块水渍在整堵墙上蔓延。我很快明白，只要这照片还在我眼前，几小时前的平静和睡意就不可能回得来。

小狗惊醒了，不解地看着我。我已经站在椅子旁，满是紧张和惊慌，但已下定决心结束这一切。关于那根绳子的记忆推动着我，对疯狂和失眠的恐惧也紧紧攥住了我。我双手摘下照片，再一次仔细端详：萨比娜笑得如此悲苦，双眼朝向我，好像真的可以看见一切。在当年空无一人、也将会永远空无一人的站台上，她的孤寂穿透了我的心房。虽然说来难以置信，可是，当她的身影消失在火焰中，我听到她在清晰地呼唤我的名字，看到她的目光在请求我原谅。

我惊恐万分，逃出厨房，关上身后的屋门，让黑暗将自己吞没。几乎同时，不知从何而来的寒意包围了我。这个家已经四面冰冻，饱含威胁，掺杂着阴冷的死寂。我在走廊上停下脚步，火焰的噼啪声已经平息，我却又一次听到了萨比娜的声音。我满心惊恐，望向四周，落入眼底的只有伸手不见五指的黑暗，如同一道恶咒填满我的眼球。冷汗淌过我的脸颊，虚脱让我僵在原地。走廊尽头的墙上，一张老旧的日历旁，萨比娜又在看着我，这次是一张我们两人的合影，她坐在我右手边的椅子上。我不假思索地扯下照片，跌跌撞撞地跑上楼，冲进房间。我明白我得迅速行动。

抽屉、盒子、箱子、楼上的每个房间、阁楼、衣柜、厨房，我翻了个底朝天。萨比娜的所有遗物——照片、信件、耳环、婚戒，包括几件衣服和纪念品——一切可能延长她的存在的东西、一切可能滋养她那就在我周围飘荡的魂灵和身影的东西，全都被堆到了走廊上。我回到楼下，干燥的寒风吹遍了整个家，拍打着门窗，片刻不得安宁。

屋外的夜色止住了我的脚步。除了我满心的苦闷，这夜和几小时前别无两样。我站在雪地里，一动不动，只是大口呼吸着冷冷的空气，任凭这刺骨的清冷浸透我全身。当我的呼吸和脉搏终于逐渐恢复正常，我沿着晨间自己挖下的小道往外走，打着手电搜寻园子的栅门。积雪完全盖过了栅门，我费了好大劲才打开它，门锁在锈迹和结痂的黑冰的挤压下吱呀作响。好不容易进到园子，我打量着残墙孤井，还有一棵棵僵尸般一动不动立在雪地里的老树，在墙边挑了个地方，铲去浮雪，开始挖坑。正如我担心的那样，地面被冰霜、也被它自己的孤寂变得无比坚硬。铲子一遍遍从地上弹开，变形，就像是撞到了大石头或是植物的根茎。我只能把电筒叼在嘴里，就这样挖了半个小时，汗珠都在我嘴边凝成了冰粒。费了九牛二虎之力，终于挖开一个足够大的坑，放下那个塞满了萨比娜的遗物和纪念品的箱子。那是一个老旧的锡木箱，是我去服兵役时父亲为我做的，而后它就一直跟着我。现在，在这地面之下，在这通往永生的终极之旅中，就让它去陪伴萨比娜吧。

我到家时，天已蒙蒙亮。冷冷的阳光如铅墨般在晨雾中散开，苍白的光线柔柔地照射着厨房和走廊。家里的一切又恢复了宁静，甚至连那已经减弱成一小圈泛黄炭火的火堆，也用它一如既往的平和安抚着小狗的美梦。我现在还记得，进厨房时，我无意中看了一眼好久没看过的日历。如果我没记错的话，刚刚过去的，是一九六一年的最后一个晚上。

4

如果我没记错的话，是一九六一年——如果我没记错的话。可记忆岂非本就是个弥天大谎？此时的我又如何能确定，那真的是一九六一年的最后一天？如何能确定父亲给我的锡木箱子真的就在园子里的一堆乱麻下化为腐朽？如何能确定不是萨比娜离开时带走了箱子、带走了所有的信件和照片呢？难道没有这种可能吗？这一切会不会都只是我的梦境、我的想象，好用虚构的幻象和回忆来填补荒芜空虚的时间呢？会不会其实一直以来，我都只是活在自己编织的谎言里？

此刻，我看着月影勾勒出贝斯科斯家的屋顶轮廓，余下的一切——包括窗户和床栏，都在月色中朦朦胧胧。我真切地感受到了自己那僵硬的躯体，感受到胸腔下两肺之间烟熏火燎般的疼痛，而我的双眼只瞧见月影勾勒出的贝斯科斯家的屋顶轮廓。可是我真的看到了吗？会不会只是梦影，就像我梦见亲人、故土，甚至陌路？抑或，我只是在追忆那屋顶的旧貌，而这屋顶，恐怕跟哀涅野的其他屋顶一样，多年前就已坍塌湮灭？

千真万确，孤独让我不得不正视自己，却又让我在回忆之上，筑起遗忘的高墙。对一个人来说，只有另一个人才会让他如此害怕，尤其是当二者其实本来就是一体。而这恰是我在片片废墟和无数死人中苟延残喘的唯一手段，是撑起孤单和恐惧、不致疯狂的唯一可能。我还记得小时候常听父亲讲以前的事，看着爷爷奶奶和村里的其他老人围坐在火炉旁，一想到自己还没出生，他们就已经活在世上，就觉得无比苦闷和痛楚。那个时候，没人留意，我就这样偷偷坐在角落的椅子上，听着他们的故事，将他们的回忆据为己有，直到沉沉睡去。我时常想象他们谈论的地点、人物，赋予他们自己想象出的容貌，就像画画时，用具体的形状表现每一个愿望或思想，我将他们的回忆融进自己的回忆。萨比娜死后，孤苦迫使我重蹈覆辙。我的生命如同一条深陷的河流，在这一段突然干涸，如今展现在我眼前的，只有死亡的荒凉和无尽的秋色，人们行尸走肉，树木干枯殆尽，遗忘的黄雨洒满天地。

回忆就此成为我活下去的唯一理由，我生命中唯一的风景。我被遗忘在角落，时间停滞不前，如同一只沙漏，将它调转过来，也无非是让一切逆序重演。我曾一度抗拒衰老，后来却再也不曾为衰老而愁苦。我也再没想起过厨房墙上那只被遗忘的无用的老挂钟。突然之间，时间与回忆混为一体，而其他一切——房屋、村庄、天空、山峦——都已不复存在，都无非是远去回忆的一部分而已。

这是末日的开端，是无尽漫长的离别的开端，从那以后，这离别就是我生活的全部。孤独深入我心，照亮了回忆的每个角落、每个洞窟，如同开启了一扇封闭多年的窗户后，阳光刺穿黑暗，唤醒尘土下的每个被遗忘的物件和每一丝激情。骤然而至的北风拖拽着街上的纸屑和蓟草，敲打着房门，无情地摧毁各家的门廊和房舍。如同这北风，时间也撼动着沉默的高墙，穿越层层废墟，飞扬起凋零的回忆和枝叶。这是对一切梦境和现实的终极发掘，是通向过往的时间之旅的开端，而这旅行，只能由我独自完成。然而，就像语言的出现也会带来沉默和困扰，回忆也会在自己身边投下层层迷雾。多年的忧郁在这厚重而变幻莫测的迷雾之上层层扩散，最终将回忆演变为诡谲的风景。我很快明白，一切都将不复从前，我的回忆无非是回忆自身那颤巍巍的倒影，长此以往，我对这废墟与迷雾中破碎回忆的忠诚终将演变成另一种背叛。

从此，我与自己背道而驰。这些年来，坐在火炉边的人不是我，如同一只孤独的丧家犬般游荡在村子里的人不是我，夜夜躺在这张床上无声听雨直到凌晨的人也不是我。这些年来，游荡在村子里的、坐在火炉边的只是我的回忆；夜夜在此入睡、安静地听雨听自己呼吸的，只是我自己的影子。眼下，在我生命中的最后一晚，时间走到尽头，回忆如同漫长冬季后遭遇阳光的土地般彻底解冻。我再次睁开双眼，望向四周，却只寻到胸肺间的疼痛，只看到床的一侧窗户灰暗的投影，还有黄色的月影在远处勾勒出贝斯科斯家屋顶的轮廓。

5

月影与房檐。窗户与夜风。当我与世长辞之后，这一切还会剩下什么？如果我现在已经不在人世，当白蒲萨村的人们找到我并永久地合上我的双眼后，又会有谁来注视这一切呢？

如果不是秋色炙烤着月光，我会以为眼下还是当年的新年前夜。如果不是月光炙烤着我的双眼，我会以为我从那时开始的生活无非一场大梦，一场苍白、灼热、惊悚的大梦，恰如这被单间的苦闷，恰如那年冬天无尽的疯狂。这场苍白、灼热、惊悚的大梦，也许只有小狗的吠叫可以唤醒，就像当年那晚，它唤醒我，向我宣告解冻的时刻已经到来。

就像当年那晚，窗棂和月光将最初的记忆装裱、照亮。那是三月的夜晚，晨曦将至，清风缠绕着窗棂，小狗朝着月亮嗷叫，把我从层层梦境间唤醒。好些天来，空气中都能嗅到冬天那垂死的气息。棵棵幼苗在林间破土而出；潮气静悄悄地从地面溢上来，一点点侵袭了每条街道、每个园子。小狗趴在它习惯的门槛的阴冷角落，被一丝甜甜的不安振奋了心情，点亮了双眼。所以那晚，当我又在火炉边无所事事地打发了一天后，迟迟不能入睡，追忆着那一个个快被遗忘的飘然远去的春天。所以那晚，当我在凌晨被小狗的叫声唤醒，我知道冬天正在远离。我再也无法入睡。

好一阵子，我就像现在一样，默默躺在床上。清冷透亮的月光幽幽地照射着这沉睡中冰封的夜晚。看上去，除了之前那几声狗叫，此刻和之前任何一晚都毫无区别。宁静的村子，半开的窗户，结满霜花的玻璃后贝斯科斯家隐约可见的屋顶轮廓，身边的一切都一如往常。然而，随着晨曦临近，随着月色在洁白的霜花间渐渐隐没，一阵黑暗的低语回荡在整个家中、整个村子里。最初还只是低声细语，像是水流在冰层下复苏，缓缓地淌过层层屋顶、条条街道。可随后，当朝霞最终冲破黑夜的包围，当麻木的日光在长久的等待后滑过道道山峦，将窗户融进血色晨雾，最初的低语很快汇成了一股黑暗狂躁的咆哮。原来是河流、是融雪的怒吼，是激流奔跑在哀涅野的山沟和道路，是流水在宣告冬天的死亡，是被冰封数月后重生的阳光和生命。

那一刻我永生难忘。在那个可怕的冬季，我已等候太久，幻想太多次，当这一刻最终来临，我几乎以为那只是一场梦。我甚至听到了萨比娜在厨房的脚步声，听到父亲在门廊和贝斯科斯聊天，那是我不可能弄错的声音。所幸并非如此，所幸一切并非梦境，门外的确响着潺潺水流。太阳正在染红玻璃。那一刻的我，一如此刻般清醒。曾几何时，当童年的白雪和沉寂还围绕着这间屋子的窗户，当悬挂在屋檐的冰针在我眼中幻化为冷铁，我也是这般清醒。时光飞逝，我的骨肉间，已经沉淀了多少岁月、多少钢铁。尽管如此，如同水晶般清澈的双眼中，仍有长存的影像，融汇了最初的感觉和荏苒的光阴，仿佛双眼无非一面明镜，可以映出所有风景，而目光，才可能是内心感受的唯一倒影。

那天，我远不如今天所能感受回忆带给我的凄凉的怀念之情。那天，在长久的等待后，在漫长的疲惫和铺天盖地的白雪后，我终于迎来了不一样的黎明。穿衣服时，我感到一种神秘莫测的不安，在几天前，我从小狗的眼中也察觉到同样的不安。我甚至没像平常那样一起床就去生火，而是全然不顾门廊和街上依旧刺骨的寒冷，也无视一点点浸透我靴子和灵魂的潮湿，花了一整个上午在村子里游荡，活像海难后的一名幸存者。随后，我和小狗分享了前一晚的剩饭，点燃了那根我为这一刻苦苦保留的香烟——我已经有两周没有吸烟了。然后，我在门廊坐下，静静欣赏阳光战胜冬季。

接下来几天，雪彻底融化了。雪水冲垮了山沟间最后几个土坡，街上全是泥浆。房屋也露出了它们残缺的骨架和木桩。在大雪覆盖下，哀涅野的景色总是单调一致；如今，一道道古老的裂缝和废墟旁，阳光发掘出刚刚过去的这个冬季孕育的一切残破事物。有的房屋被风吹得支离破碎，屋檐变形，墙壁被触目惊心的缝隙割得四分五裂。还有些更老旧、更长时间没人居住的住宅——比如胡安·弗朗西斯科家或者阿辛·德·圣地亚哥家的马厩——已经被彻底打垮，坍塌在地，只剩一地碎石和被雪腐化的木料。我游荡其间，回忆着它们的主人，走进每一个被藤蔓占领的院子，巡遍每一间厨房和卧室。我觉得自己像个疯狂的将军，只身返回战时的壕沟，而战士们却要么已经临阵脱逃，要么已经横尸沙场。

一天早上，阳光发掘出了尘土中萨比娜的化身。之前，我在巴拉恰斯的山崖间发现两条被狼群啃咬过的野狗和一只内脏已经腐烂的山羊，于是去山里放置了捕兽夹，正带着小狗往回走。快到家时，小狗突然停下脚步，立在原地，开始狂吠，神情惊恐紧张，活像在被积雪掩盖的篱笆下发现了蟒蛇。当时，我几乎已把那根绳子忘得一干二净。在那个漫长的夜晚，疯狂第一次将它昏黄的幼虫种植在我灵魂深处。那晚之后，火炉和家里重拾宁静，关于麻绳那不安的记忆也日益模糊远离。现在，不止记忆，连这麻绳也回来了。它在泥泞中露出一截，像是篱笆桩，出乎我意料的是，它的出现不再像那天晚上一样让我感到忧愁和威胁。在我眼中，这麻绳无非是刚刚过去的那个冬季的又一件战利品。我毫无惧意或不快，在雪地里将它洗了个干净，拿自己的衣服擦干，压根儿忘了这生硬的摩擦曾在某天将我的灵魂推进地狱。就这样，当我回到家，我又一次把麻绳系在了腰间——跟上回一样，我几乎是下意识地完成了这个动作，一切就像时间倒流——我也明白，这麻绳将与我形影不离，因为它就是萨比娜那找不到主人的灵魂。

第二天一早，我就下山去了别斯卡斯，绳子也还是系在腰间。我半夜就从哀涅野动身了。地上全是泥，肩上兽皮的重量让我几乎迈不开步子。我要拿它们在帕亚斯的商店换些香烟和种子，然后去贝斯科斯家，跟他合计春天替他看守牲口的事儿。地上还有积雪，圣奥拉西娅湖尚未解冻，冷风嗖嗖，夹杂着薰衣草的气味，从艾拉达的条条山路间刮下来。尽管如此，路过白蒲萨村时，我还是绕道而行。虽然已经好几个月不曾与人交谈，但我对此毫不期待。我已经习惯了安静，现在，这么久之后，一个人在冰天雪地里待了几个月之后，房屋上的炊烟和街上的行人——天已经亮了好一阵子了——倒让我满是畏惧和不安。我在进村子前离开了主路，像条癞皮狗一样穿梭在各个园子间，禁不住伤感地回想起很久以前，哀涅野的居民们总是成群结队、一路高歌地来到这里，为熬过了又一个无情的寒冬而倍感幸福。

如今只剩下我孤零零一个——最后一个。别斯卡斯的街上，人们看我的眼神仿佛是在惊讶居然还能再见到我。萨比娜的死讯无疑曾让他们深感震惊，恐怕不少人猜测，在这个漫长的冬季，我已经随萨比娜而去。我没和任何人打招呼。我把兽皮放在帕亚斯的店里，换了些烟草和种子——我记得那钱好像还够我买点油。随后，我没有像以前那样在咖啡馆小坐一会儿，就直接去了贝斯科斯家。我想尽快回到哀涅野。

可那年冬天，可怜的老家伙贝斯科斯也去世了。跟萨比娜一样，他已经扛不过时间。他女儿一边抹着眼泪告诉我这事儿，一边在衣橱里找出一封几个月前别人寄给我的信。可怜的贝斯科斯。我现在还记得他坐在屋檐下的样子，就是此时此刻我眼中的月色勾画出轮廓的这个屋檐下。他是最早离开哀涅野的人之一。他有九个孩子，却只有寥寥几块薄地养活一大家子人。战争结束后，他来到别斯卡斯，在水电站谋了个差事，从那以后，每年春天，当他的羊群爬上哀涅野的山道，都是我帮他照料。一千比塞塔和一半的羊羔：这就是我和他的最后一笔交易。如今，他也撒手人寰，他的子女们卖掉了羊群。我在别斯卡斯已经无事可做，于是收好信，默默地离开了贝斯科斯的女儿。

我知道自己再也不会见到她。

我走出很远，直到圣奥拉西娅湖边可以望得到哀涅野的地方，我才拆开信封。微风轻拂，我用了好长时间才读完信。是安德烈斯写来的，这是多年来他写的第一封信，大概也是他离家后的第一封吧。我差不多快忘了他。信上说，他结了婚，已经在德国住了好些年。随信寄来的还有一张照片，是他带着老婆和两个孩子在海滩的合影。照片背面说这是送给他母亲的。

6

当然，我从来没给他回过信。我有什么可写？说他母亲已经去世？说我在被世人遗忘的废墟间像个孤魂野鬼？还是请他永远忘了父母的名字、忘了自己出生的故乡？

他早就知道这些。在他多年来对我们不闻不问时，他就该想到这一切。他写的这封信，早就注定不会收到任何回复。时间总能愈合一切伤口，就像一场耐心的黄雨，一点点浇灭哪怕是最旺盛的火苗，可它终究无法平息地底的星星之火，这火苗，就像记忆中的道道裂缝，干涸而深邃，就算死亡的洪暴也无法将它们填平。我试图与这裂缝共生，将记忆封埋在寂静和苦涩之下，可当我以为已经忘却所有，却只要一封书信、一张照片，就能让封冻回忆的坚冰片片瓦解。

安德烈斯走后，他母亲就跟哭丧一样。萨拉病死时，萨比娜也是那样的哭法。她为安德烈斯哭泣，为他等候，一直等到自己离开人世，一如她为卡米洛哭泣和等候。而我，正好相反，他走的那天，我甚至没从床上起身告别。

那是一九四九年二月的一天，又阴又冷，我和萨比娜永远也忘不了那一天。前一个早上，安德烈斯就说了他要走。其实那一年间他已经念叨过好多次，不过那天早上，他的目光和嗓音里透出的莫名忧伤告诉我们，他已经做出了最后的决定。我和他母亲都没有吱声。萨比娜躲进房间哭了起来，我还是一动不动地坐在火炉旁，看都懒得看他，像是根本没听到他的话。他早就知道我在想什么。老早，我就明确警告过他，一旦他离开哀涅野，离开我们，将祖父含辛茹苦建起来的这个家置之不顾，他就再也别想回来，也别想我再认他这个儿子。

那晚，我和萨比娜都没睡着。我永远也忘不了那晚，我俩整夜没有合眼，一言不发，静静听着雨点在窗玻璃上叹息，数着时间等候新的一天。天快亮时，萨比娜起床生火，为安德烈斯准备早饭。（前一晚我和他面对面一言不发、看也不看对方地吃晚饭时，萨比娜已经为他打点好行装，备好了路上的干粮。）我躺在床上，缩在阴影里，听着窗外的雨声和萨比娜在厨房的脚步声。很快，楼梯上响起安德烈斯的脚步声。诡异的安静笼罩着整个家。多年以后，当萨比娜也离我而去，我在这个家中孑然一身，我才再次感受到同样的安静。好长一阵子，我就这么一动不动地躺在床上，跟现在一样，一动不动（如果安德烈斯这会儿回来，他会看到我跟当年一模一样地躺着），透过这安静，我努力试图听清厨房的动静，却什么也听不到。墙壁那边不时传来一丝低沉微弱的声音，大概是萨比娜在对安德烈斯作最后的叮嘱，而离愁别绪和抑制不住的泪水最终将这叮嘱化为苦苦哀求：要给我们写信，别跟你爸斗气，别计较他跟你说的话，想回家时就随时回家。

我听到开门声时天已经亮了，一开始我以为是家里大门开了，安德烈斯已经不辞而别，结果脚步声穿过走廊，缓缓走上楼梯，最终停在了这间屋子外面。安德烈斯迟迟不敢开门。当他终于走进来，也只是静静地站在门边，默默看着我，不敢靠近床前。有那么几秒钟，我迎着他的目光，然后在他开口前，我转过头，看着窗户，直到他离开。

安德烈斯的离开唤醒了萨拉和卡米洛曾经的身影。他的离开给这个家带来了巨大的空洞，哪怕从此家里再也不会提起他的名字，从那天起，一切还是不复从前。这是自然而然的事。安德烈斯走了，这不只是走了一个儿子那么简单。他带走了这个家存活下去的最后可能，带走了我和他母亲对于日益逼近、令人恐惧的老年有所依靠、有所陪伴的最后一丝希望。所以那天清晨，当安德烈斯关上身后的家门，沿着昔日商贩们的老路，在雨中无声地朝边境而去时，萨拉和卡米洛的幽灵再次飘荡在家中，填补他留下的空虚。

事实上，卡米洛的身影从未真正从家里消失。他游荡在每间屋子，在严冬深夜，他灼烧在柴火之间，将自己的气味散发在我们四周。多年以来，我们都试图接受死亡无法向我们确认的那个事实。多年以来，我们都在尝试着忘掉过去，甚至忘掉希望。可和一个幽灵同居并不容易。当疑惑超越了否定，催生出期盼，堆积起希望，从记忆中抹去往事的痕迹就更是难上加难。死亡至少还有实实在在的佐证：坟茔、悼词、鲜花，无一不能覆盖记忆，更能让人确知岁月一去不返，从而习惯逝者不在的事实。可是失踪无法确定，失踪不是死亡，恰恰相反，它会否认死亡的可能。

最初，我和萨比娜都在抗拒日益滋长的寂静，抗拒时间和理智向我们预示的一切。事实上，虽然从没提起，但一直到死，萨比娜都不愿接受现实，直到生命的最后一天，她都在期待奇迹发生。可奇迹是不会发生的。战争结束后，几天过去了，几个月过去了，卡米洛依然毫无音讯。忍耐逐渐埋葬了希望，哀伤又取代了绝望。卡米洛没有回来，他的名字也从未出现在官方发布的那些长长的死者名单里，可他就是没有回来。只有他的幽灵回到了家中，和房间的阴影融为一体，而他的躯体，大概早就腐烂在西班牙哪个小村子的公墓里，腐烂在那个清晨从韦斯卡出发的军车冰封的记忆里，一去不返。

所以，当被遗忘多年之后，卡米洛重返家中、填补他弟弟留下的空虚也是理所当然的事。不管怎么说，他是长子，无论从亲缘上还是习俗上，在我死后，他才是该继承我地位、担起一家之主职责的人。如今，在被遗忘多年之后，他深夜归来，如同一个古老的游魂，为自己应得的一切呐喊。

我没想到的是，萨拉的灵魂也回来了。她已经离开太久，距离她彻底停止自己急促呼吸的那天已经过去了太多年，我几乎快忘了她。可是安德烈斯走后没几天的一个下午，我放牧后下山，远远看到萨比娜从墓地出来，但她没有看到我，于是我在树丛间等了一阵，直到她走远，我才慢慢走进墓地，探头往矮墙那边看去，惊愕地发现萨比娜这莫名来访的缘由：就在那被遗忘的阴暗角落，在爬满藤蔓的老墙边，萨拉的小坟堆在多年之后重新在荆棘间探出了头，周围摆满了鲜花。

当然，我对此只字未提。萨比娜几乎每周都去墓地，我却假装对这个整个哀涅野都在悄声议论的秘密一无所知。可是有天晚上，萨拉亲自来找我了。凌晨两点，我突然不明缘由地从梦中惊醒。那是一个晴朗的夜晚，轻风穿过胡桃树叶，微弱的月光落在房里。和现在一样，夜静得如此纯粹，家里却听得到一丝异响。那是种单调、遥远、含混的气息，像是有人气喘吁吁。我看了看萨比娜，她还在我身边静静睡着，像是被单间的一道黑影。显然，这么奇怪的呼吸声不是她发出的。

现在回想起来，我仍然觉得那时的自己对接下来的事还毫无直觉真是不可思议。可当时，我的确对命运的安排全无察觉，于是我想也没想，便悄声起床——我不想惊醒萨比娜，不想叫她生疑——我离开房间，准备对这怪异的声响一探究竟。走廊上，黑暗让我一时有些迷茫。在那儿，急促的呼吸声已经更加清晰，更加临近——已经可以确定，我听到的的确是呼吸声。一开始我以为那声音来自楼梯口，是某条野狗趁我们不注意窜进了家里。楼梯尽头，我走过那扇二十年前我亲手锁上的房门时，突然意识到我弄错了。呼吸声不是来自楼梯口，家里也没有任何野狗，呼吸声正是来自那扇门后。二十多年前，就在那扇门后，萨拉在痛苦中死去。

我在原地站了好几秒。那几秒，我一动不动，僵得如同一棵枯木，我感到死神穿越了墙壁，抓挠着房门，将我的灵魂在风中片片撕碎。那只是几秒钟而已，转瞬即逝，当我从诧异中回过神来，我开始沿着走廊后退，万万不敢上前开门，甚至连回头转身的勇气都没有。那断断续续的急促呼吸，像一块铁皮般搅动起我的记忆，让我又感觉到那漫长的窒息感，又一次听到那缓缓地吞噬了萨拉躯体的无尽而苦痛的喘息。在忍受了十个月的折磨后，她在一天早上骤然停止了呼吸，那天她刚满四岁。

这些年来，这一幕不时重演。就像第一天晚上一样，我总会突然从诡异的梦境中惊醒，不过当我醒来时，我已经知道那是萨拉，知道她就在家里，知道她呼唤着我。我再也没有靠近那间小屋、靠近那扇门，甚至没有勇气再从床上起身。我不知道萨比娜是否听到了同样急促不安的呼吸。她一如既往地几乎每周前往墓地献花，直到白蒲萨村的居民前来帮我将她永久安放在萨拉身边。

因为这一切，我从未给安德烈斯回信。因为这一切，我从未原谅他离家而去，抛弃我和他母亲，抛弃他的兄妹。因为这一切，那天下午，我在山口撕碎了他的来信和照片，扔进了圣奥拉西娅湖，让碎片慢慢腐烂在湖水深处，如同回忆慢慢腐烂在时间的沼泽。

7

那一年过得特别慢。其实，从他走后，每年都一样：愈加艰难无聊，愈加冷漠忧伤。似乎时间已经骤然止步，似乎岁月的长河已经冰封停歇，将我的生活凝滞于无尽而浩瀚的冬季。如今我蓦然回首，追寻当年的每个午后，在记忆中翻腾出沉默的枯叶，却只寻到一片被埋葬的森林，在浓雾中支离破碎，只寻到一座被遗弃的村庄，回忆如同被狂风掀起的灌木飞越其间。

那年以后，我再也没去过山垭口。贝斯科斯去世后，他的子女们卖掉了羊群，萧瑟的感觉像是一场瘟疫降临哀涅野的每座畜棚、每块荒地。不管是在布洛托或萨维尼亚尼戈，甚至在别斯卡斯，我倒是很容易就能寻到别的牲畜来照料，但我年老疲惫，已经没有精力、也没有热情花上一整年时间跟在不属于我的羊群后面。说来说去，这世上已经没人值得我为之辛劳，也没人在我死后继承我的财产。我甚至都不需要再操心炉子里有没有柴禾。我百无聊赖，一无所求，深感疲惫和孤单，于我而言，打打猎，在园子里种种菜——我已经是这些园子唯一的主人——就已经足够了。

最终，我别无选择，只得适应这一切。不过最初那些日子，我真是好不容易才能克服那突如其来的孤独感。随着天气好转，这感觉主宰了我整个内心。在那之前，我已经感受过这至今仍如同一根枯藤般缠绕着我灵魂的莫名烦扰。冬天，火堆边打发的漫漫长夜已经耗尽了我所有的热情和精力。只要一下雪，浓雾和寂静从大地上擦去哀涅野的房屋和树木，每个冬天的孤独都毫无二致。反正已经没人在壁炉边陪我过冬了，孤不孤独又如何呢。反正已经没人可以分担我对疯狂的恐惧，没人陪我共度这无尽的冬季，其他的又有什么要紧。那是个遥远而无法化解的诅咒，是一条古老的枷锁，忍耐和无助早已让我对这枷锁习以为常。然而如今，生命再次盛开在我身边，阳光仿佛让石头和窗玻璃都有了血肉。一片寂静中，森林的咆哮愈发加重了这种孤独感，我一直试图借着坚不可摧的、满是罪孽的白雪掩盖这孤独，却从未成功。

整个春天，我都在梯田和园子里劳作，修复严冬对这个家造成的损害。大风刮走了马厩门，还毁坏了一些地砖。门廊的几根房梁也被冰冻和潮气毁成了一堆朽木，我给它们裹上袋子，再用从加文家找来的几根新房梁加固。然后，我还铲除了已经蔓延到马厩和外墙的刺蓟和苔藓。如今我很清楚：做这一切无非是我打发日子最简单的方式，好让我骗过上苍，也骗过自己，只为了让自己不去思考、不会疯掉。可当时，我却不能、也不愿承认这一点。

然而，一切都是徒劳。疲惫和沮丧还是一点点吞没了我，最初几天不知劳累的干活逐渐被日益疯长的、残忍的消沉取代。就这样，到了夏天，我已经再一次如同丧家犬般游荡在村里。日子漫长而倦怠，寂静和哀伤像一场雪崩埋葬了哀涅野。我在房屋间闲逛，走遍每一间畜棚和房舍，有时，当黄昏逗留在丛丛树影间，我会用木板和废纸燃起篝火，坐在门廊，与房屋故主的幽灵闲聊。可游荡在每家每户的不止那些幽灵，还有积满了窗台的尘土和蛛网。湿气和回忆把屋内的空气变得无比凝重，几乎让人无法呼吸。屋子尘封的时间越久，就越是如此。有些住宅的样子还毫无变化，比如奥雷里奥·萨沙家，衣橱桌子都在原位，床铺还是新做的，好像忠犬在等待多年前就已决定抛下它们、永不回头的主人。还有些房子，比如胡安·弗朗西斯科家或学校的老教室，已经彻底坍塌在废墟中，墙壁剥落，家具被厚厚的瓦砾和苔藓掩埋。有些房子里，青苔如同暗夜咒语般朝房顶疯狂滋长。另一些，门廊和畜棚都荆棘丛生，交织成一片密林，根茎拱翻了墙基和房门，亡灵和游魂就在这阴影间安家落户。可无论哪间屋子，新的也好、旧的也好，主人走得迟的也好、走得早的也好，都已被积雪所伤，氧化风蚀，成为老鼠、蝮蛇和鸟雀的避风塘。

八月的一天，在阿辛家，悲剧发生了。其实他家已经只剩一堆朽木和一片碎石堆叠的乱哄哄的地基，忍冬藤和荨麻在那上面圈出昔日一家人占领过的破碎空间。不过我对他家旧时生机勃勃的样子，还有竖立在艾斯卡丁路边那一道道孤独的墙壁记忆犹新。而现在，这个家已荒废多年。他们是最早离开的家庭之一：战争一爆发，一家老小就跟全村人一样，腾空家当走了，再也没回来过。除此之外，我还记得整日坐在他家门前的阿辛夫妇，还有那孩子（那时我自己都还是个孩子呢），大伙儿都说，那孩子被关在马厩里，和那些牲畜养在一起，免得别人看到他患了佝偻病的恶心模样。大伙儿还说，他夜夜都被拴在床上，一直呻吟叫唤，直到天亮。我不知道这是不是真的。我从没见过那孩子，也从未听见过除了牲口的呼吸外，还有什么小孩儿的呻吟叫唤，不过好多次，我路过时都会从那小窗户探头张望，浑身打着战，又害怕又兴奋。大概是我十岁那年，孩子死了。他被连夜下葬，连丧钟都没敲，便被寂静和岁月吞噬。尽管如此，尽管多年的时光静静而过，他的身影依旧如同一片悲情的回忆或是一道邪恶的诅咒，飘浮在老宅四周。当阿辛和他老婆全然不念关于老家和孩子的回忆、离开村子后，便更是如此。

我路过阿辛家好多次，一直没敢进去。他家一直门窗紧闭，虽然畜棚已在刚刚过去的那个冬天倒塌，像牲畜般在那里游荡的孩子的身影也随之消散，但那片废墟无法打破的孤单和寂静依旧把整个家包裹在神秘莫测的气息中，同时也让它充满了莫可名状的肮脏的吸引力。那天下午，我无意中逛到了那儿。这些年来，正是巧合和天意指引着我的宿命。当时是午后，阳光刺穿了空气，在地上划出道道裂缝，晒得荆条根茎爆裂、栎树皮一碰就碎。我上山后回村时在他家门槛边停下歇脚。那好像是我第一次在那儿坐下：就在他家的门边，在当年阿辛夫妇常坐的那块石头上。那年夏天，干旱摧毁了大片田野，泉眼干涸，蜥蜴爬满了每家每户的庭院。阿辛家在村子边上，所以倒落得清静。爬虫在马厩的石头上或路边的刺蓟旁安稳地打盹，对我的出现毫不在意。我靠在墙上，嘴里叼着快要燃尽的香烟，小狗趴在我脚边。那天我上山得早，一开始我有点瞌睡，随后手上一阵剧痛。我以为是藤蔓的刺扎穿了外套或裤子，却立刻清楚地听到了冷冷的嘶嘶声，一个黏黏的物体从我双脚间爬过。我一跃而起，同时小狗开始狂吠，狗毛根根倒立，犬牙外露，爪子不停地挠着地面。尽管一切发生得如此迅速，我还是看见了：一条毒蛇滑过门框，永远消失在了阿辛家深不可测的黑暗中。

我惊慌失措，从门廊逃开，冲到街上。我手掌肿得厉害，黑暗的寒战像火烧一样直袭心脏。我得争分夺秒。我解下裤带，连手带嘴把它紧紧缠在手腕上，以防毒血扩散，紧接着用匕首在伤口划开一道深深的口子，忍着剧痛和紧张往外吸血，疯了一样一口口吐在干裂的地面上。这是八年前的事儿了，可哪怕再过几十年，我也忘不了那滑腻腻的口感，忘不了那腐臭腥甜的气息。显然，毒血正在侵袭我的伤口。

我到家后做的第一件事就是生火烧水，趁这工夫到街上寻来些荨麻，把它的汁液跟油拌了，抹在伤口上，然后再裹上一条浸了酒和生石灰的布单。这法子还是贝斯科斯在救胡斯托叔叔那条被毒蛇咬到了脑袋的小狗时使过的，虽然小家伙最终还是一命呜呼，可当时我也没别的办法。我一个人在这孤零零的山里，最近的医生也要走上好几个钟头山路才找得到。

一连几天，就在这张床上，我孤身一人，绝望地跟死神作战，没有任何人可以帮我。手肿得已经盖过了缠着它的绷带，高烧不退，像是吐出的白沫沿着血管里的暗道在节节攀升，烧得我寒战不停，满嘴呓语。白天和黑夜在混沌的时空中交汇，床栏如同浓雾中的树木一样在我眼中隐没。我至今也不知道这情形究竟持续了多久，只记得阳光时不时在房间探个头，让我觉得这团肮脏的被单愈发沉重。小狗趴在门边的楼梯上悲哀地呜咽，不过它的叫声传到我耳朵里既遥远又微弱，活像来自好远的地方。多年过去了，如今这一切还历历在目，真是诡异！诡异而虚幻！跟现在一样，当时的我在这张床上生命垂危，不过那时，我唯一真正担心的事情是：如果我死了，小狗也会死，它被困在家里根本出不去。可我别说没力气下楼打开家门，就连想想起床都力不从心。被咬后的第一天黄昏，高烧已经到了无法忍受的地步，手痛得像要炸裂开来。我陷入一种莫名亢奋的状态。我在床单间翻滚，企图在床边缘寻求到一丝凉意。我口渴难耐，可水壶已经空了，我的舌头像是一块黏糊糊的废物，连润润嘴皮都办不到。仿佛所有的水分一进入我的血液就瞬间挥发了，又好像伤口冒出的热火炙烤着我的筋脉，烧焦了骨头，只能从我的嘴里寻到出口来排遣痛苦。

半夜，高烧升到了顶峰，整个身体像活火炬一样熊熊燃烧，我甚至没感觉到扎手掌的带子在肿胀的皮肉间猛然裂开。我永远都不可能知道手曾经到底有多肿，高烧到底有多少度。我只知道，一时间我的双眼全是蓝幽幽的雾气，然后就失去了知觉。

从那时起，记忆就粉碎成无数颗粒，粉碎成一幅幅急促晃动、几乎以假乱真的虚幻景象。就像有一束遥远的光芒亮彻黑夜，我的体内升腾起一股记忆的水汽，从死神的门槛边拯救出无数回忆：玻璃窗后的萨比娜，颤抖的小狗在门后哀嚎；跪在床边的萨比娜，小狗啃噬着我肿胀的手。如今我知道那都是高烧的幻象，是一场至今未醒的大梦带来的惶恐。可是谁又能知道这一切是否真实呢？谁知道那晚萨比娜是不是真的来过呢？恐怕只有她自己和小狗才能告诉我答案。只有她和小狗，或许还有那扇依旧残留着她呼吸的窗玻璃才能回答我。

看见萨比娜时，我浑身冷汗，在床上打战，时梦时醒，胡话连篇，双眼圆睁。她就在那里，在窗玻璃后，还穿着离开时的那身衣服。如果此刻见到她——跟那晚一样，窗户还开着——我一定会有当晚不曾感觉到的恐慌。如果此刻见到她，在静夜的窗玻璃后一动不动，飘浮在空中，我肯定会像个孩子一样钻进被窝，哭喊着求她离开，为她的灵魂祷告，求她原谅。不过那晚，高烧和狂热主宰了我的内心，而萨比娜无助地升起在夜空中的样子只让我感到巨大的难过和痛楚。我闭上双眼，希望可以忘掉她，可当我再次睁眼，她已经坐到床边，直视着我，好像认不出我的脸庞，听不出我的声音。

高烧期间，萨比娜一刻也没离开我。她让小狗进了屋，在小狗不停地舔舐我伤口时，她就一直在暗处盯着我，活像她自己也是一道阴影。说不定她在等着守护我的遗体，直到我被人发现、入土为安吧。（或许就是今晚，当一切尘埃落定，她会再次前来与我做伴，直到白蒲萨村的来者们发现我，将我永久安放在她身边。）我迷迷糊糊时，也一直能看到她，高烧让我视线模糊，我看到她时而站在床边，时而跪在窗户一角。她似乎一直在祈祷，声音和活着时一模一样，不过听在我耳朵里有些奇怪：粗糙、干瘪，没有回音，好像来自没有喉咙的嘴。我不知道她到底祈祷了多久。我一下子睡着了，当我再看到她，听到的不是她的嗓音，而是床的另一侧沉重的呼吸。过了好一阵我才认出这房间，还有玻璃上强烈的反光。我不知道那是不是月光，不知道是不是已经天亮，又或者是夜色已深，只是我的高烧点亮了玻璃，将它变得像镜子一样澄亮。我从床上坐起，看向四周。萨比娜还在门边，一刻不停地盯着我。可是小狗已经不在了，之前小狗待着的地方是个长相恐怖的婴儿，脑袋奇形怪状，一道马鬃样的毛发贯穿他的脊梁，他正玩弄着我手上肿胀的皮肉。我瞬间就反应过来那孩子是谁。虽然之前从未见过他，但我一下子就从他失明的双目中看到了阿辛家黑暗的马厩。他也在看我，好像认识我似的，然后就笑了起来。那笑声放肆、干瘪，没有回音，像是发自没有牙齿也没有喉咙的口腔。那种死亡的笑声仿佛源自地底深处，充斥着我整个脑海，似乎会永不停歇。我失神错愕，惊恐和高烧让我两眼发直，不过我还是意识到自己已经醒过来了，我翻了个身朝向屋门，不再去看那孩子，好让那黑色的鬃毛和空洞的恐怖嘴巴尽快从我眼里消失。萨比娜还在门对面静静坐着，像是完全没看到那孩子，也完全没听到他的笑声。刹那间，我顿时明白了孩子的狂笑和他出现在我床边的原因：几百条毒蛇正在门下游移，缠绕着家具和床栏，盘踞在床罩和汗淋淋的被单折缝间，最终爬进我之前亲手割开用来释放毒血的伤口，消失在我的血管中。

这是我对那个场景最后的印象。我对这景象记忆犹新，像是那场高烧余温未退，又像是被拦腰截断的梦境再次回放。如今时隔多年，这梦境再次浮现，然后就是一片黑暗，余下的只有漫长的夜晚和寂静。

我醒来时，阳光无情地打在脸上。大概是中午时分了。我至今还记得那强烈的光线和我皮肤沉浸在被单间那厚重的气味。我过了好久才睁开双眼，它们已经习惯了黑夜——属于亡灵们的漫长无边的黑夜——变得抗拒阳光，几乎无法认出床上自己那木乃伊般的干瘪躯体正是阳光和毒蛇的杰作。一时间，我紧闭双眼，希望重新挂上黑夜的帘幕，重拾香甜的梦境。一时间，我甚至认定自己已经死去。可我知道自己没死。我满怀恐惧和不安，又一次慢慢睁开双眼，随时准备再次闭上，永远闭上。可我也说不清为什么，当我最终习惯了刺眼的光亮，却看见自己的身体原封不动地躺在床上，双手被绷带缠得变了形，一片寂静之中，只有和此刻一样安静、冷清、空洞的房间。

又过了好些日子，我才能够下床。冷汗和高烧已经榨干了我。手上的肿胀逐渐消退，确信自己已经获救的欣喜更让我信心倍增。一周以后，我已经回到了街上。我拄着拐杖——就是我父亲临终前一段日子用过的那根——又开始在村子里散步，秘密造访每家每户。然而我再也没有靠近阿辛家，再也没有从他和他老婆常坐的门廊前，也就是我那天下午与死神擦肩而过的地方经过。直到三四年后的一个冬夜，狂风暴雨彻底摧毁了那房子，我才举着手电草草地扫视了一眼倒塌的墙壁。夜黑得伸手不见五指，狂风卷起瓦砾，雨水模糊了视线。尽管如此，尽管黑夜、大雨和恐惧交织成天罗地网，手电光还是让我看清：倒塌的房梁砖瓦之间，有一张几乎完好的婴儿床，四条粗重的绳子吊在床栏上，像是随时准备把什么人五花大绑。床垫上，一群毒蛇用毛毯筑了个窝。

8

突然，疼痛又一次来袭：剧烈、沉重，令人窒息，像是一条小蛇在我双肺间筑下了窝。

一时间，我喘不过气，大脑一片空白；一时间，我心里像有一条狗在抓挠。然后，这种感觉又慢慢地、慢慢地消退，在我胸间留下冷冷泛白的阳光。

自从那年三月，在坎塔洛沃斯第一次发作，我就知道自己胸口有毛病。最初那还只是一种隐痛，像是肺里有烟雾交织，不过完全不影响我干活儿（当时我在捡干荆豆准备生火）。但那种隐痛带来的缓慢的窒息感让我很快意识到，这正是曾经摧毁我女儿的双肺和生命的毛病。

时间一天天过去，疼痛感逐渐加剧。最初还增强得比较缓慢，时断时续，然后就越来越频繁地出现在我无眠的双目和呼吸之间。而此刻，我不得不说：哪怕近在咫尺的死亡也从未让我恐惧。我向来对死亡毫不抗拒，视它为无法回避和理所当然的事。自从死神开始啃噬我的记忆、阻碍我的呼吸，我已将它的存在当作早已命中注定的诅咒。如今死神已经降临，与我共用一个喉咙呼吸，如今大限将至，我眼里和周遭最后的光亮也逐渐熄灭，死亡于我无非一场甜美的安憩，我几乎迫不及待。

我想，其实人们大概永远都做不到毫无畏惧地迎接死神。年轻力壮时，我们会认为死亡遥不可及，而仅仅是这时间上的遥远距离，就足以让死亡成为一件让人难以接受的事情。随后，岁月流逝，“死亡已近在眼前”这个截然相反的事实让我们满心不安，无法直面它。可无论何时，这种害怕都从未改变：害怕邪恶，害怕毁灭，害怕遗忘带来的无尽寒冷。

记得小时候，我就已经能凭直觉感受到死人的双眼后隐藏的巨大空虚。我甚至莫名清晰地记得我遭遇死神那令人难忘面容的日子。那时我六岁。爷爷巴斯里奥——如今我只想得起他放在火堆边的靴子——已经好几天卧床不起。母亲来来回回地给他送饭，可爷爷粒米不进。父亲则几乎足不出户，不过他们不让我去看爷爷。冬季的一天，放学后，我看到父亲在马厩里做一个大盒子。他全神贯注，竟没发觉我在看他。厨房里一个人都没有。我在壁炉边烤火取暖，等了一阵，有些累了，便上楼去找母亲。至今我也说不清是不是当时我就已经知道了那个下午刚刚发生的一切，说不清是不是早就知道父亲几乎摸着黑在马厩里做的那个大盒子的用途。我只记得，走到楼梯尽头时，我听到母亲在门后哭泣，我吓了一跳，冲到爷爷的房间去找她，可母亲不在那儿，她已经去另外的房间哭了。爷爷的房里只有他一人，在床上一动不动，头悬在枕头一边，眼睛睁得老大。

从那时起，我一生之中已经无数次面对过死人最后的目光。我见过父母临终前空虚的双眼、女儿的双眼，还有萨比娜那泛黄的、被大雪灼伤的双眼。我这一生，甚至还好几次合上过死者僵硬的眼皮，永远地抹去他们眼中最后的影像。无论哪次，我都感到不能自已。无论哪次，都是同样刺骨的寒冷，跟那年冬天的下午，当我看到死去的爷爷时，侵袭了我双眼的寒冷一模一样。

然而，死神的威胁和寒冷早就不让我感到害怕了。在它黑色的气息潜入我身体以前，甚至早在哀涅野还不止我一人像无数亡灵阴影中的一道，独居于此之前，父亲已经用他自己的离世告诉我：死亡只是我们走向太平的单向旅程的第一步。父亲一向刚健，辛勤的劳作和与这片贫瘠土地的斗争把他变得坚忍顽强。可还是有那么一天，他病倒了，而且一病不起。他清楚自己时日无多，知道夜夜在园子里啼叫的猫头鹰——萨比娜一直试图用吼叫或石块吓走它——是在预告他的死期，可他从来没有胆怯过，从未在死神的阴影前有过任何一丝却步。一天下午，天快黑了，我看见他从背街蹒跚而来，就问他去了哪儿，他却只是用悲哀的眼光看着我，“我看地方去了。”我记得他是这么说的，“你们很快就会带我去那儿，我会永远在那儿。”第二天一早，萨比娜就发现父亲死在了床上。

父亲的这句话一直刻在我脑海。他如此冷淡地面对毁灭让我深受震动，所以时光流逝，我也能直面死神，毫无畏惧，毫不绝望，深知只有死亡才能让我从这长久的孤独和被遗忘的境地中解脱。当我在磨坊发现自缢的萨比娜，在雪地里把她拖回家时，我就是这么想的。后来，当哀涅野只剩我孤身一人，我意识到自己早就死在了儿子和昔日朋友邻居的回忆里时，我也是这么想的。如今，多年以后，疼痛像是苦涩的黄雨充斥我的双肺，我还能这么想。我勇敢地听着猫头鹰在寂静的村庄中预告我的死讯，而这村庄，也将很快随我灭亡。

9

事实上，虽然我一直努力整修，哀涅野还是在多年前就死去了。当这个地方只剩我和萨比娜时，它就已经失去了活力。甚至在那之前，当最后几位邻居也相继搬迁或离世，哀涅野就已经死了。这些年来，我既不愿意、也没能力去想这一点。这些年来，我一直抗拒寂静和废墟早就清清楚楚地展示给我的事实。可如今，我很清楚，我的死，也不过只是一直活在自己记忆里的那具残躯的死而已。

从山上往下看，哀涅野的样子居然还是没变：茂密的山杨树，河边的小园子，孤零零的道路和马厩，还有阳光和白雪映衬下大石块蓝幽幽的反光。从通往白蒲萨村的路上那些橡树林或是坎塔洛沃斯的山口可以看到，栋栋房屋还是那么遥远，在雾气中模模糊糊，大概绝不会让在河边远眺它的人想到，这里已注定将成为一座永久荒芜的坟场。

然而，我还是一天天目睹了哀涅野缓慢而无可挽回的衰败。

我看见房屋一栋栋倒下，也曾为不让它们倒得太快、成为我自己的坟墓而进行过徒劳的抗争。这些年来，我作了一场毫无意义的、漫长而残忍的垂死挣扎。这些年来，我是这片村子最终解体的唯一见证人，而这村子，其实恐怕早在我出生前就已死去。如今，死神和遗忘触手可及，我耳边还回荡着苔藓掩埋下的废墟中石块的呐喊，还有腐烂中的房梁和屋门无尽的呻吟。

第一家关门闭户的是胡安·弗朗西斯科。那是多少年前了，我几乎还是个孩子。我只记得他家的大门和铁皮阳台，还有我们追逐打闹时躲藏的菜园子。至于那一家人，我只记得一个女儿的眼睛。而至今历历在目的，是他们举家离去的那天：八月的一个下午，在通往布洛托的小道上，一个个箱子、一件件家具把驴车塞得满满当当。当时我和父亲在哀涅野的山口放羊。我们坐在草地上，看着那一家人从附近的荆豆地经过，最后消失在去往艾斯卡丁的路上。我记得父亲一言不发，背对着羊群，望着那条路，仿佛已然预见了从那个傍晚开始即将发生的一切。我猛然间感到一阵巨大的悲哀，于是躺在草地上吹起了口哨。

胡安·弗朗西斯科一家的离去只是一长串告别的开端而已，这场漫长的迁徙以他家的离去开头，很快将以我的死画上句号。最初离开的只有寥寥几人，后来就和比利牛斯山区的其他村庄一样，哀涅野的居民们几乎全都落荒而逃：他们倾尽所能把家当装上车，决绝地关上家门，无声地在下山的大路小道上渐行渐远。这情形就像一阵妖风猛然刮过山间，在每个人心中、每个家庭激起暴风骤雨；又像是突然之间，人们终于抬起了几个世纪以来都面朝黄土的头颅，觉察到自己的生活是何等酸楚，也意识到远走他乡可能改善这样的局面。再没有人回来过，甚至没人回来带走剩下的家什。就这样，跟周围的村子一样，哀涅野人去地空，陷入了永久的空旷孤寂。

那些年有几次别离让我依旧满怀酸楚：那样突兀的告别，让我们这些留下的人陷入更大的空虚。阿莫尔就是个例子：她几乎是被儿女生拉硬拽着去了她毫不向往的地方。又或者格兰德家的奥雷里奥·萨沙，安葬妻子后仅仅几天就弃家而去。还有安德烈斯的离开也是如此。而在那些年的所有离别中，哪怕算上我自己儿子的离去和最后胡里奥的离开——那是我和萨比娜经历的最后一次分别——最令我难忘的，还是老家伙阿德里安的不辞而别。

那是一九五〇年，当时村里只剩三户人家了：胡里奥、托马斯·加文和我。我们分散在村民们不计其数的或门窗紧闭或已经倒塌的房屋间，心里都很清楚：哀涅野已经命不久矣。阿德里安已经搬来跟我和萨比娜住了好些日子。他没有家，五十多年来一直在劳洛家打杂，劳洛家搬走后他便如丧家犬般孑然一身，无依无靠，没有活儿干。我和萨比娜收留了他，更多的是出于同情和怜悯，而不是指望他还能帮我们干活儿。可他满心感激，真如一条忠犬一般每天竭尽所能，希望报答我们为他提供的那片屋檐和那点儿食物。阿德里安是巴萨兰附近的西亚斯人，当初小小年纪就来到哀涅野帮工。从那时起，哪怕战乱期间所有人都撤离了，他都再也没离开过村子。战争那年他孤身一人在山上照看羊群，因为地处边界，又靠近萨维尼亚尼戈，他还要躲避山峦间接连不断的轰炸。在为那个家劳碌一生后，如今的阿德里安垂垂老矣，像条狗一样被人抛弃，无处可去，也没人能收留他。显然，他才是所有人中最害怕再一次形单影只的那一个，而现在，他却会永远孤独，目睹一个甚至都不是自己故乡的村庄如何死去。事实上，阿德里安沉默寡言，更不善表达自己的感受和恐惧，他从未对我倾诉过只言片语，我只是从他双眼无尽的哀愁中、从夜夜横亘于我俩之间的屏障中读出了他的心思。夜晚，大风在街道狂啸，木柴在火焰中渐渐化为灰烬，他放牧归来，总是靠火炉坐着，几乎一言不发，常常就这样直到午夜降临，睡意来袭。我倒是全无所谓，我早就习惯了这个安静的老头，习惯了他在沙发另一头一动不动。我知道他会在身边，陪伴我们走过生命中这注定苦涩孤独的最后一程。我以为，他也是这么想的。

离开的前一晚，阿德里安一个人在厨房坐到深夜。我照例十二点上床，完全没察觉他有何异常，没察觉出任何表明他早已下定决心的征兆。记得那晚我们还说好第二天要起个大早，修理被下午的大风刮坏的一扇栅门。可第二天早上，他已经不在了。他带着自己辛劳一生攒下的那点微薄财物走了，从此再无音讯。我们不知道他去了哪里，甚至不知道他是否尚在人世。一段时间后，当我们几乎已经忘了他时，加文在商贩们的那条老路上发现了他的行李箱，上面盖满了刺蓟，已经被雨淋坏。

加文和胡里奥还在哀涅野时，我们三个并肩作战，好让村子不至于太早荒芜。加文孤身一人，没有家眷，而胡里奥还有两个孩子和一个兄弟。我们仨经常一起打扫水渠，整修园子和街道，修葺墙壁和栅栏，甚至还加固房梁，填补那一道道让房屋摇摇欲坠的裂缝。那些年可谓生活艰难，孤苦绝望。不过或许也正因为如此，我们之间萌发出前所未有的团结友爱。在猖獗的时间和肆虐的山间冬季面前，我们都是如此无助，深知自己被遗忘在这片杳无人烟的土地上，孤苦无依。比起友谊和血脉亲情，倒是这样的无助更容易让我们彼此依靠。我们三人互相帮助，轮流给邻居们的牲口放牧，晚饭后聚在一起，在火堆旁聊天回忆。

我们都很清楚，这一切无非是转瞬即逝的幻象，就像一场漫长的战争中短暂的熄火，我们中随时会有人成为下一个受害者。

下一个受害者是加文。有天早上，我们发现他死在家中。他坐在厨房里，嘴里还叼着生命中最后的那支香烟。这位老人的死和他的一生一样：没人陪伴，没人注意。他的离世宣告了大概是哀涅野最古老的家庭的终结，也意味着我和胡里奥对于我们能在此互相陪伴的希望彻底破灭。

胡里奥也在那个夏末走了，他连自己的东西都没怎么带，像是在担心我会抢在他之前离开。直到最后，也就是临行前夜，家具都装上车了，他才向我道别。那天晚上特别安静，我和萨比娜默默地吃饭，谁也不看谁一眼，然后我就躲进了磨坊。真是伤感的一夜，大概是那些日子最伤心的了。我在角落的阴影里坐了好几个小时，无法入睡，怎么也忘不了胡里奥最后那告别的眼神。窗外，磨坊大门已被苔藓吞没，杨树的倒影在河里颤颤巍巍。在冰冷垂死的月光映照下，杨树庄严肃立，如同道道昏黄的立柱。万籁俱寂，沉重的、坚不可摧的宁静笼罩着一切，愈发加重了我的烦闷。远处，哀涅野的道道屋檐悬浮于山峦之上，恰如水中树影。后来，大约半夜两三点，一阵微风忽然划开河面，磨坊的窗户和房檐间便骤然下起一阵密集的黄雨：那是杨树的枯叶纷纷飘落，是轻柔和缓的秋雨再一次回到山间，用枯黄的金色覆盖片片田野，用甜蜜而又蛮横的忧愁包围道路和村庄。那场雨几分钟后便戛然而止，但已足以将夜色染成昏黄。黎明时分，当阳光再一次点亮枯叶，唤醒我的双眼，我已然明了：正是这年复一年、日复一日的黄雨，侵蚀毁坏了墙上的灰浆、陈年的日历、书信照片的边角、磨坊被遗弃的风车，还有我的心。

从那晚起，我生命中的记忆和风景已满是锈迹。大约五六个星期里，杨树叶落满了每条道路，堵塞了水渠，如入无人之境般直捣我灵魂深处。随后又发生了萨比娜的事。如今整个村子仿佛只是我眼中的幻象，锈迹和回忆来势汹汹，残忍地降临其间。所有人——包括我的妻子，全都弃我而去。我甚至还没来得及阻止，哀涅野就已经走向灭亡。一片寂静中，我和小狗就像两道诡异的阴影，相互凝视，深知对方都给不出自己寻找的答案。

不知不觉间，斑斑锈迹已长驱直入。街道上一点点盖满荆棘和荨麻；污水四处流淌；座座茅屋不堪沉寂和白雪的重负，纷纷倒塌；老屋的墙壁和屋顶上，开始出现道道裂缝。对这一切，我无能为力。没有胡里奥和加文——再加上我曾经尚存的那一星希望之火已经湮灭——我只能放任锈菌和枯藤为所欲为。如此几年，哀涅野已然成为现在我窗外这座恐怖荒凉的坟场。

加文家几乎还完好如初时，被雷击中，自上而下裂为两半。除此之外，每幢屋子的破败过程都大同小异，让人无计可施。苔藓和潮气无声地啃噬着墙壁，随后爬上屋檐，进而如瘟疫般蔓延到光秃秃的房梁。再后来，荨麻、地衣和蛀虫那阴暗的黑爪竞相登场。最终，当房屋腐朽不堪，一场风雪便足以将其彻底摧毁。夜晚，聆听着铁锈的嘶嘶声，聆听着墙上苔藓腐烂的声音，我很清楚，它们那无形的触手会很快伸进我家。偶尔，当窗外风助雨势，河流如远处的闷雷一般咆哮不已，我会猛然被一声巨响惊醒——又是一道墙壁轰然倒地。

最先倒地的是胡安·弗朗西斯科家的畜棚，之前，那里一直关着几头骡子。那年夏天午后，我和父亲在通向艾斯卡丁路边的荆豆地里目睹了这些牲口拉着他们一家离去的场景。从那以后，畜棚废弃多年，无力支撑，在一月的一个雪夜寂然倒地，如同一只被一击而毙的野兽。接下来那年，萨比娜去世后不久，他家的其他屋子也倒塌了，还顺带拖垮了圣地亚哥家的马厩和柴房。大概过了三年多，劳洛家的房子也遭此厄运。随后，几乎完全遵循着主人离去的顺序，阿辛、格洛和查诺家的房屋也相继垮塌。就这样，几乎大半个村子沦为废墟。

死神袭击我的屋子时，我知道他早就对我虎视眈眈了。他就在教堂的墙缝间、园子里，就在贝斯科斯家的屋顶上，在街上的藤蔓后。马厩窗口的裂缝表明，棚屋的梁柱已不堪重负。那时我才真正意识到，锈迹和死神已光临我家。想到这一点，我茫然无措，只觉得意外，无法相信在我弃它而去之前它就会垮塌在地。一连好几个月，我用从别人家找来的方木和横梁加固窗户，阻止裂缝扩大。可裂缝很快从另一头扩展，而且更宽更深，从上至下把墙一分为二，至此，我的任何尝试都已无济于事。几年前一个十二月的一天，屋顶的结构已被彻底破坏，棚屋最终被风雨打倒，垮塌在地。我搬出里面寥寥几件物品：柴禾、农具、存放面粉和饲料的木箱，把它们堆放在各个房间，准备在这四壁之间展开我最后的战役。

从那时起，死神从家里的房梁和地面间缓慢而坚定地向我逼近，有条不紊，不慌不忙，毫无怜悯之意。短短几年间，藤蔓埋葬了炉子和粮仓，蛀虫彻底啃噬了门廊和屋檐的横梁。短短几年间，藤蔓和蛀虫摧毁了全家百年间的心血。它们狼狈为奸，在老旧的走廊和屋檐的朽木间搜寻还支撑着这个家的重量和回忆的最后一点儿完好的木料。这些木料，如同当年磨坊的那场黄雨，如同我此刻的心跳和回忆般陈旧、疲惫、泛黄，说不定在不久的将来，它们也会在大雪中腐烂瓦解，说不定那时，我还在屋里。

10

我在房间里，小狗在门廊哀嚎——这就是死神无数次造访我们时会看到的场景。女儿毫无征兆地重返从她去世那天起就大门紧锁的屋子那晚，死神来过；那年新年前夜，萨比娜在被火苗慢慢吞噬的老旧相框中重返人世时，死神来过；我被高烧和癫狂侵袭，在床上垂死挣扎，萨比娜前来为我祈祷那晚，死神来过；安葬多年的母亲突然出现在厨房那晚，死神也来过，从此再也没有离开。

直到那晚，我都无法相信自己的眼睛，不知道家中的人影和安静究竟是不是幻觉。尽管感觉无比真实，我还是一直认定——或者至少试图让自己相信——是高烧和恐惧造就了这些只存在于记忆中的幻象。可是那晚，一切真相大白，是那样的出其不意、千真万确。那晚，当母亲突然打开房门，出现在厨房中央时，我就坐在她正对面的炉子旁，跟此刻一样清醒无助，看到她的那一刻，我甚至没感到任何恐惧。

尽管时隔多年，我还是一下子认出了母亲。她跟我印象中一样，还是当年在世时整日来来回回照顾家人、料理牲口的模样。她穿的也还是过世后萨比娜和我妹妹给她套上的长衫，系着那条从没换过的黑头巾。此刻，她坐在火炉边的沙发上，一动不动，一声不吭，和当年一模一样。她的出现似乎只是为了告诉我，她从未死去，真正消亡的，是时间。

小狗没有合眼，在门廊哀嚎了一整夜，神色惊恐。以前，哀涅野的邻居们为死者守灵时，或是匪徒和狼群靠近村子时，它也总是这样。一整晚，我和母亲就这样默默地看着火苗将所有荆豆、连同片片回忆一道化为灰烬。被死亡阴阳相隔多年以后，我和母亲再次面面相对，却不敢重拾曾经未尽的交谈。我甚至不敢看她，从小狗惊恐的叫声和投射在地板上那一动不动的诡异阴影里，我就知道，她还坐在那儿。不过我一刻也没感到恐惧，也没想过母亲是来为我自己的死亡祈祷的。直到天亮，微弱的晨光惊醒了依然坐在火炉边的我，我才发现母亲已不在厨房了。当我看着日历，发现刚刚流逝于树影间的那个晚上是二月的最后一夜时，一股黑色的战栗袭遍全身——正是四十年前的那晚，母亲撒手人寰。

那晚之后，母亲还来陪过我许多次。她总在夜半我睡意正浓、木条在炭火间行将燃尽时，冷不丁就出现在厨房，没有动静，没有脚步声，更不会敲门。不过她每次来到厨房、甚至早在她的身影飘浮在小巷中时，我都能从小狗惊恐的叫声中提前知道。有时，当孤寂更甚于黑夜，当疲惫和疯狂从回忆中逃窜，我会冲到床上，像个孩子一样用毯子盖住全身，避免跟母亲分享回忆。

有天夜里大约两三点，我在床上被一阵怪异的窸窸声惊醒。那是一个寒冷的秋夜，黄雨如同此刻一样迷糊了窗户。起初我以为那声音来自屋外，可能是大风卷起了街上的枯叶。但很快我就发现我弄错了。那怪异的窸窸声并非来自屋外，而是从家里的某个角落传出，那是人低声说话的声音，像是有人在厨房跟我母亲聊天。

我在床上一动不动，听了好久，最终决定起身。小狗已经停止了叫唤，可它的安静比那怪异的言谈声更让我心惊肉跳，甚至比把窗户染成黄色的漫天枯叶都更让我恐慌。我来到走廊，窸窸声一下子停止了，就像是厨房也有人在听着我的动静。我攥紧匕首——从萨比娜去世那天开始，我就一直把它放在外套口袋里——走下楼梯，决心探明是谁和我母亲在厨房。我没用上匕首，或者说，我根本不需要用它：厨房里，除了母亲，只有一道道属于幽灵的黑色身影，围着火炉坐了一圈，当我在他们身后猛地推开房门，他们全都齐刷刷回过头来看着我。我毫不费力地认出了萨比娜的面庞，还有家里所有死去的亲人。

我来不及关上身后的家门，一口气冲到了街上。我还记得出门时，一股冷风抽在我脸上。街上全是枯枝败叶，夜风吹着它们在各家各户的庭院里打旋儿。我在贝斯科斯家停下喘气。这一切发生得太突然，我没有任何准备，甚至不能确定自己是不是在做梦：我皮肤上还留着被窝的余温，大风吹得我睁不开眼，把我往路边推去，栋栋房屋的屋檐和外墙上，夜空恰如梦魇中一般昏黄。不，这不是梦。我在自家厨房看到听到的，和我此刻站在街上这件事一样真切。我全身僵直、惊恐万分，听着身后那些诡异的声音。

我在原地愣了几秒——那漫长的几秒钟里，夜风凶狠地抽打着每扇门窗——觉得心脏就要炸开。我刚刚才从自己家里逃出，刚刚才将死神的冰冷目光甩在身后，而此刻，我又莫名其妙地跟死神面面相对。他就在贝斯科斯家的厨房里，坐在沙发上，在虚幻的火堆旁守候一个已经无人记得的家庭的回忆，而我刚刚还若无其事地靠在他对面的窗边。

我惊慌失措，撒腿就往街上没头没脑地乱跑。冷汗淌遍了我的全身，树叶和大风让我视线模糊。突然之间，整个村子似乎都晃动起来，一堵堵墙壁无声地分开，为我让出一条路，层层屋檐活像与身体撕裂的阴影般飘浮在空中，夜空彻底变成了暗黄色，令人头晕目眩。我跑过教堂，完全没想到可以进去躲一躲。钟楼已经倾斜，像是要朝我扑面而来，钟声又一次敲响，似乎它们在地底依然活力十足。而加文家那条小巷子里，一切截然相反，水池好像骤然死去，水管断流，水藻的憧憧黑影间，池水一如这夜色般昏黄。我迎风跑向劳洛家。荨麻绊住了我的脚步，荆蔓缠住了我的双腿，好像它们也试图让我停下。还好我跑到了。我筋疲力尽，大汗淋漓，好几次差点儿跌倒。当终于跑到空地，远离那些房屋和围墙，我停下脚步回望发生的一切：一片炽热的火光中，天空和房屋融为一体；夜风抽打着门窗；夜色中，落叶和屋门无尽的哀嚎中，不绝于耳的叹息响彻整个村庄。我不需要回去就能知道，每家每户的厨房都已被亡魂占据。

我游荡了一整晚，不敢回到我死去的亲人们身边。五个多小时里，我就这样等着天亮，生怕黎明再也不会回来。恐惧拖着我漫无目的地爬到山上，带刺的灌木撕扯着我的衣服，一点一滴侵蚀着我的勇气和体力。但我什么都感觉不到。我被大风迷糊了双眼，几乎什么也看不到，疯狂把我推进夜色与绝望的深渊。就这样，当天色终于发白，我已远离村子，来到了艾拉达山高处，旁边是牲口的饮水槽，我已经好几年没瞧见过它了。

不过我还是在金刚藤丛中坐下，等着日出。我很清楚，村子里已经没人等我了——母亲总在天亮时离开——但我疲惫不堪，几乎站不起身。后来我慢慢恢复了体力，大概还睡着了一阵。当阳光终于刺穿艾拉达山头的铅云，我开始往回走。由于是下山，天也大亮，我很快沿着夜里的原路返回。风已经停了，沉重的宁静在山坡上缓缓铺陈开来。山下洼地里，哀涅野的层层房檐飘浮在云朵间，一如每一个甜美的黎明。我走近村子，找到了小狗。它突然从路边草丛窜出，因为惊恐和激动而浑身发抖。可怜的小家伙在那儿藏了一整夜，这会儿见到我，一声不吭，似乎想弄明白这一切。可我什么也没法告诉它。就算它听得懂我的话，我也没法向它解释连我自己也不明白的事。或许这一切不过是一场梦，一场孕育在我的失眠和孤寂中、浑浊而扰人的噩梦。或许也不是。或许我前夜的所见所闻都确有其事，就跟我此刻看到园子围墙、听到鸟儿鸣叫一样真实，没准儿那些黑影还在厨房等着我回去呢。好在小狗的陪伴给了我力量，让我壮着胆回到那些屋子间，慢慢靠近自己的家。家里还跟我逃走时一样大门洞开，沉重的安静一如既往地从走廊溢出。我毫不犹豫，甚至没有停下脚步回忆自己在昨晚，以及以前许许多多个夜晚的遭遇。我穿过门廊，走进房间，坚信一切都是虚幻，坚信厨房没有任何人在等我，坚信昨晚的一切只是我失眠发疯的产物。的确如此，厨房里空无一人。沙发上和平时一样空空荡荡，窗玻璃上反射出清晨的第一道阳光。不过没人说得清为什么，昨晚睡觉前我亲手熄灭的火炉还在燃烧，散发出诡谲神秘的光亮。

几个月过去了，类似的事情没再发生。我夜夜守在厨房，对任何响动都杯弓蛇影，生怕房门自己打开，母亲再次出现在我面前。还好一个冬天过去了，什么也没发生，没有任何事情惊扰厨房和我内心的宁静。就这样，春天到了，冰雪消融，白昼渐长，我已经认定母亲再也不会回来，认定她从未存在于我想象之外的任何地方。

可是她又回来了。又是在雨夜，又是突然出现。我记得那是十一月底，窗玻璃后，空气昏黄。母亲跟第一天来时一样，在沙发上坐下，默默地看着我。

从那天起，母亲回来过很多次。有时是和萨比娜一起，有时还有别的家人。好长时间里，我都不愿见他们，一直躲在村里的某个角落或一连几个小时漫无目的地在山间游荡。好长时间里，我都不愿接受他们的陪伴。不过他们还是要来，而且来得日益频繁，最终我别无他法，只得忍气吞声，与他们共享回忆和厨房的那点暖气。而此刻，当死神已经敲响了屋门，当空气一点点将我的双眼染得昏黄，他们的存在甚至让我觉得安慰，他们还是坐在火炉边，等候着我的阴影永久地加入到他们之中。

11

我一直都如此幻想：雾气在一瞬间溢满我的血管，血液如一月的泉水般彻底封冻。当一切尘埃落定，我的灵魂将脱离躯壳，占据我在火炉旁的位子。或许，死亡也就不过如此。

我一直都如此幻想。哪怕我曾认定死亡尚且遥不可及，我也是如此幻想。而此刻，它近在咫尺。此刻，时间走到尽头，雾气包裹了床腿，覆盖了我的回忆。我再次闭上双眼，回想往昔时光，突然间开始怀疑：也许从在炉子旁与那些阴影团团围坐那一刻起，我的灵魂就不复存在了。

这并非我第一次如此怀疑。事实上，从母亲出现的第一晚，我就有这感觉——阴郁黑暗、无法释怀的感觉：也许我早就死了，也许从那时开始，我的一切经历都只是回忆无声消散前那永恒的回音。

从母亲第一次出现那晚起，我就再也没照过镜子。以前每天下午，我对着镜子剃胡须时，都能看出苍老和死亡在我的面庞上不断地乘胜而进的痕迹。可就在母亲出现那晚，这面挂在门廊横梁上的小东西被一股狂风刮到地面，摔得粉碎，而我在村里找到的镜子要么破破烂烂，要么因为年岁太久而模糊不清。当然，只要抹去那层寂静的外壳，有的镜子应该也能照出人影，可我却没有勇气去擦拭任何一面，没有勇气面对真相。我知道，镜子那一头，有一道深渊在静静等候着我，而我，总在最后一刻，失去面对这深渊的勇气。

从母亲第一次出现那晚起，我再也没离开过哀涅野。其实我之前也很少离开：四月间的一次，是为了去帕亚斯的店里用兽皮换些食物和枪弹；九月去过一两次，到布洛托或萨维尼亚尼戈卖掉几袋子水果——哀涅野的果树上，有无数果子在腐烂。不过每次出去，我都很快回来。我不想让村子空上太久。我害怕如果我离开太长时间，曾经我和小狗上山回来时发生的一幕会再次上演。

那是五年前一个八月的下午，尽管那天之后，我的生命中已经发生了这么多事——包括我自己的死——那个午后的一切依然历历在目。我还记得那时从莫特恰吹来的微风，风里夹杂着荆豆和百里香的芬芳，前一天，我还在它们下面埋好了捕兽夹。我还记得从埃斯比雷缓缓上升的云彩，云层中透出一道黑光，迫使我不得不在中午就提前返回哀涅野。一切都仿佛是老天在提醒我有事发生，仿佛是那道黑光不知不觉地将我推向光亮和风暴的中心。大雨模糊了我的视线，我好不容易才看到村子。微风一下子变得粗暴猛烈，不住撕扯着我的衣服。不过，从通往莫特恰那些茅草棚的老路上，我还是远远看见有辆马车停在奥雷里奥家的门廊边。最初我只觉得惊讶，毕竟那是很久以来第一次有人进村，是从萨比娜下葬后，第一次有人鼓起勇气穿越遗忘和死亡的封锁来到这里。我顶着风艰难前行，到了村里，决心探明奥雷里奥家的来者是谁、有何意图。小狗安静地在身后跟着我。答案很快揭晓：我走到更靠近马车的地方，一下子明白了车主——不管他是谁——到底是为何而来：我看到几件家具立在门边，街上还有一大堆工具等着打包。我本想去寻主人，但又觉得最好还是在门廊边等等，于是我手握猎枪，等着屋里的人出来。看到我的那一瞬，奥雷里奥僵在原地。他含混不清地比画了个手势，似乎是在多年重逢后又向我问好，然而我冷冷的神色让他明白，我是不会回应他的。好几秒钟里，我俩四目相对，一言不发。或许那一刻，奥雷里奥会想起，当年我俩在清晨告别，正是在此刻这个地方，随后，第二天一大早，他就离开了。可当时我却没有记起这些。他走后，光阴流转，在我眼中堆叠出多少遗忘的场景，让我几乎无法从他的面庞上搜寻到时光流逝的痕迹。于是，我退到路边，枪口对准他，两眼也死死地瞪着他。就这样，我逼得他来不及说上只言片语，就两手空空地打道回府了。当他在马背上的身影最终消失在树丛中，我朝着漫天大雨开了一枪，我要让他明白，永远别再回来，因为这里再也不是他的家，再也不是他的村庄。

奥雷里奥和他的儿女们再也没回来过，那些工具和家具就这样烂在了街上。想必回到白蒲萨村后，奥雷里奥已经四处宣扬我差点儿要了他的命，打那时起，连牧民都不敢像以前那样赶着牲口越过边界。我也几乎再没去过村子边上，偶尔去邻村买点儿食物，我也能看出，我时不时的出现给村民们带来的感觉已经由曾经的惊讶转变为如今的惊恐。大伙儿再不像从前那样，把我视作一个被遗弃的孤苦老人，而是拿我当疯子看待。我所到之处，人们都躲到了窗户后面。不过我全不在意，甚至懒得回头示意他们其实我知道他们就在背后指指点点。我已经习惯了独居，说到底，他们一言不发倒更让我舒坦。

从母亲回来的前几天起，我再也没听过邻居们对我说话，他们的沉默就此成为永恒。奥雷里奥来过后的第二年冬天，我第一次必须完完全全地自食其力，听天由命。事实上，我没有别的选择。头一年夏天，孤独炙烤着我的每一根骨头，到了九月，我已经没有精力依循往年惯例再去别斯卡斯添置食物和生活用品，好让自己尽可能舒服地度过漫长的雪季。

那年秋天过得异常平和。艾拉达的秋风迟迟未曾降临，秋雨也直到万圣节才现身。十月间，我还来得及不慌不忙地采摘果子和土豆，砍好足够用到第二年夏天的柴禾。另外，储藏室里还有头一年的余粮，而猎物也不断乖乖地钻进我设在路边和树丛下的圈套。我想，我撑到春天是没问题的。

十二月下了第一场大雪。那是我印象中最大的几场雪之一，狂风几乎在哀涅野咆哮了整整一周。最后，虽然我不至于像小时候遇到的那场大雪一样需要从窗户爬出，小狗也没能蹿上马厩的顶棚呼救，但这场雪好歹还是把我活埋在家了整整一个月。更糟的是，大雪覆盖了捕兽夹，于是我只能依靠储藏室里那不多的食物过活。

最先吃光的是面粉和腌肉，然后肉干也没了，临近平安夜那几天，我吃光了最后的豆子和油。记得平安夜那天，我用所有剩下的食物做了个大杂烩。虽然没人做伴，我还是希望能享用一顿美餐来庆祝节日。接下来我就开始了生存挑战。好多天里，我只能靠土豆和核桃充饥（因为贮藏室里潮气越来越重，其他食物全烂在了箱子里，而之前搁在园子里的食物就跟我一样，被一米高的雪掩埋了）。就这样我挨过了十二月和一月。土豆要么煮着吃，要么烤着吃，然后放到窗边让雪风吹吹凉，再到厨房跟小狗分着吃了它们，就跟萨比娜在世时一样。我已经没有别的东西喂狗了。

可土豆也所剩无几，而门外的积雪依然纹丝不动，坚不可摧，像是永远都不会融化了。时日空虚，寂寂而过，一天又一天，出门上山的希望日益渺茫。眼下大雪封门，我什么也做不了。暴风雪将野兔都逼到了谷底，野猪恐怕也跟我一样躲进了老巢，期待着重回山上奔跑的那天。一月底，前一场的雪还没融开，又来了一场大雪。无助和绝望彻底取代了希望。这是一种前所未有的感觉，一开始无法言说，像是一种黑漆漆的猜测，虽然遥不可及，却在风雪中慢慢成长、茁壮。我这一生也经历过好些困境，有的甚至比这还糟——比如萨比娜的自杀以及我在这个家里独自度过的第一个夜晚——但我从没想到过，有朝一日，我居然需要忍饥挨饿。

二月初，情况已经糟透了。饥饿的威胁让我不得不小心翼翼地分配最后那点食物，并开始计划在那之前我想都没想过的事：搜遍整个村子，尤其是那些主人离去还不算太久的住宅，看能不能找点儿什么充饥。可以料想，我一无所获：橱柜里变质的面粉，锈迹斑斑、一看就不能吃的罐头，还有第一天在加文家找到的一袋皱巴巴干瘪瘪的豆子——它家主人可是已经去世五年了啊。我把豆子煮熟，拌着土豆皮一起喂给了小狗。说到底，我最担心的还是它。我很清楚，在勇气和尊严的鼓舞下，我好歹还能再撑个两三周。可小狗不懂这些，它趴在门廊边，日夜哀叫，就跟萨比娜去世后那段日子一模一样。

与萨比娜去世后的日子相似的，不只是小狗而已。窗外的白雪也一如当年，连这寂静也像当时一样侵占了家里的每个角落；厨房门槛边，我的麻木沉默肯定也和当时如出一辙。我并不是现在才这么觉得。在雪地里艰难挪步前去白蒲萨村的那个下午，我就在想，这情形和萨比娜去世后是一样的：那天，我也是踏着积雪，下山请乡邻们前来为萨比娜守灵并安葬她。如今，时隔多年，我又一次下山求助：我需要有人施舍点儿吃的给我。好长时间以来，我都抗拒这样做。可事到如今，大雪和小狗的眼神战胜了我的生存能力，也打败了我的骄傲。

见着我，白蒲萨村的狗倾巢出动，一直撵着我直到我离开村子。它们眼神惊恐，凶神恶煞，露出尖利的牙齿，冲我狂吠，全然把我当成了小偷流浪汉。不过狗儿们的喧闹并没有传染到居民，街上门户紧闭，甚至没人从窗口探头看看发生了什么，看上去就像这里也跟周围其他村子一样空无一人，村民都走光了，狗儿们成了看家护院的唯一生灵，而主人们在走之前甚至懒得一枪崩了它们。当然，事实并非如此。我知道在白蒲萨村还住着六户人家，知道此刻正有许多双眼睛从门窗后盯着我。

我像条狗一样在空荡荡、孤零零的街上游荡了好久。跟山上不同，白蒲萨村的积雪已经开始融化，每家每户的门槛边都混杂着狗爪印和若有若无的人的脚印，当然，只是看上去若有若无而已。在街上，我能听到人们在走廊尽头拘谨的脚步声，听得到窗帘后的窃窃私语；即使他们一直沉默，我也能感觉到我的出现给他们带来的不安。想必所有人都还记得萨比娜自杀那天，都在互相打听，如今多年以后，是什么让我踏着大雪重返白蒲萨村。恐怕有人看到我腰间的麻绳，还会以为我干了跟萨比娜一样的事儿，以为他们现在看到的只是我的灵魂，来请求他们去哀涅野安葬我（就像今晚我的灵魂会做的那样）。不过我很清醒，此刻我还活着。尽管孤寂已经像迟钝的梦境一样混淆了我的感官，我还是意识得到自己的存在，意识得到大街上众人的目光和狗儿们在我四周筑起的寂静的包围圈。这种安静让它们困惑，它们追着我跑遍了整个村子，拼命向村民们发出警告，却得不到回应。此刻，在最后一栋房子前，它们又一次站在路边，诧异地盯着我，搞不懂为什么主人们全然不同于平时，没有应声而出。而我自然早就明白了其中缘由。自从我穿越了他们为我设下的满怀敌意的屏障，从村子的一头走到另一头，敲了好几家门却得不到回应，我就知道我该离开了，在白蒲萨村，是不会有人来给我开门了。

那是我最后一次让人看到我越过尊严和回忆的边界，低声下气地打算求助。我沿着下山时的脚印，回到唯一为我敞开大门的那栋屋子。到家时，天都黑了。天空冷冷清清，在雪光映衬下异常透亮。我和小狗坐在门槛边的沙发上，看着天空，直到黎明。

12

那就是我打发余生的地方了。我就在那儿看着众人匆匆而过，恰如我眼中的片片浮云。

同样是在那里，父亲看着他的亲人们一去不回，我则是漠然地目睹了这个村庄，还有我自己的躯体土崩瓦解，毫无痛苦、耐心地等候今晚的到来。只有小狗陪我到了最后。只有小狗，还有这条和我一样被世人遗忘的沉静、忧郁、孤单的河流，它的流水中也有我生命的细流，只有它，会在我死后，继续向前奔流。

这些年我常去河边。每当孤寂来袭，连回忆也无法将我从它的魔爪中解救，我就会去那儿寻求陪伴。之前我也这样做过，那时人们刚开始搬离哀涅野，我会在半夜躲进磨坊，避免在早上和他们道别。那时，我享受着河边的宁静和隐蔽：那里有我打小就知道、并经常前往的幽静的树荫。可如今，我前去寻求的却不再是静谧的天地。如今，孤独无处不在，深入每栋房屋，浸透每寸空气，只有在河边的榛子树和山杨树丛中，我才能为过度的宁静寻到一丝慰藉。

我从来不知该如何解释这种感觉。想必是为了听取水上树叶的低语，想必是树影的交织模糊了我的记忆和目光。无论如何，山杨树的陪伴让我平静。就像在艾拉达的栎树下或巴萨兰的松林里，河边树丛中，我会觉得自己并不孤单，觉得憧憧树影间一定另有他人。打小我就有这样的猜想，随后年岁渐长，这念头被我抛到了脑后，如今又重返脑海，帮我战胜哀涅野的孤寂和一去不回的时光。

然而，跟在艾拉达或巴萨兰的树林里不同的是，哀涅野的河边树影间，我的确并非孑然一身。河边树影间，除了我自己，的确还有无数身影，还有无尽的低语，连湍急的水声也无法掩盖。只有我才能感知这些身影。目之所及，他们立即烟消云散，有时我甚至怀疑他们是否真的存在。可和我一样，我的小狗也听得到狗崽们的叫声——水流悲哀的呻吟中，混杂了哀涅野的居民们多年以来丢进河里的所有初生小狗的哀叫。小狗紧张地回应着，因为它突然从中听到了自己的六个同胞手足的叫声——当年它们出生不久，就被我塞进口袋，一一溺死在河边的水塘。

可怜的小狗啊，它甚至没来得及认识它的哥哥姐姐们。它是那一胎中唯一幸存的，当它睁开双眼，它的同胞们也许已经在下游很远的香蒲和灯芯草中化为腐肉。事实上，小狗几乎不认识任何同类。狗妈妈莫拉在生它那一胎时死了——它岁数不小了，多次生产更是加剧了年迈体衰，于是小狗就这样孤单地成长在一个连狗都跑光了的村子里。萨比娜才是小狗真正的母亲。她每天用羊奶喂它，为了给它御寒，在最初几个晚上甚至还让它睡在我们的床上。可萨比娜到死也没给它起个名儿。我和她压根儿没想到这事。起名字做什么呢？这个村里没有任何别的狗，名字又有什么用？

谁会提醒我这事儿呢。那可怜的小狗，没有名字，没有同胞。当年，这不幸的小家伙连眼睛都还没睁开，它能活下来仅仅是因为它碰巧是最后出生的。而它，就是会陪我走完人生道路的唯一生灵。当一切离我而去，只有它留在我身边。当我结束了在白蒲萨村的最后一程，决定把自己关在家里再不踏出半步时，它也紧跟着我，毫不担心如果有一天我也离它而去，它的命运会是怎样。它就那样趴在门槛边那个我这些年坐的沙发下，就这样静静地与我分担命运，得到的回报却只有些许爱抚和一星半点食物。

我不知道它是否和我一样，任凭时日流转却毫无概念。又或者，它的冷漠背后隐藏的，只是因无法阻止时间的脚步而产生的无助。这一切，我无从得知。小狗要么在沙发下我双脚之间趴着，要么跟着我在村里瞎晃悠，目光中满是深深的厌倦和失望。只有往山上跑跑能让它摆脱这模样，还有夜夜越过艾拉达的山峦传来的一两声遥远的狼嗥能让它稍稍振奋。然后，它又会迅速陷入无精打采的状态。一旦回家，小狗更是一日胜过一日地死气沉沉，那越来越难以捉摸的样子，真是让人觉得残忍又绝望。想必它的情形和我一样：时间过得如此木然，就这样缓缓地从栋栋房屋、棵棵树木间滑走，我甚至感觉不到它就像一小瓶酒精一样在我双手间挥发殆尽。

时光飞逝，恰如江河奔流：开始时还忧郁踌躇，漫无目的，然后随着时日累积而变得愈发匆匆。岁月和河水一样，在温婉的水藻间、在童年的青苔上缠绵纠结；也和河水一样从峡谷瀑布倾泻而下，自此加速，奔流向前。直到二三十岁，我都还认定时间是条无尽的河流，是种自生自养、永不消亡的神奇物质。可是终有一刻，人们会察觉时光的背叛；终有一刻——于我而言是母亲去世时——青春戛然而止，时间如同被闪电划过的积雪，消融无踪。从那一刻起，一切都不复从前。从那一刻起，日日年年都转瞬即逝，时间短暂得如同雪融时化作的一道云烟，一点点裹住心房，把它变得冷漠不堪。于是当我们蓦然回首，会连试图挣扎反抗的时间都不再有。

从最后一批邻居离去那天起，我就心如死灰。那天之前，我一直埋头劳作，一心顾家——哪怕到头来所有的努力都化为乌有——几乎不曾有时间看看自己是如何老去。可就在那晚，当胡里奥家忙着打点最后的行装，磨坊外的黄雨静静地飘落河中，我猛然意识到我的心也早已被雨水浸透。随后我就遭遇了萨比娜的变故。从那天起，我在孤独的逼迫下，成了一个永恒而无奈的见证者，见证自己如何在过往岁月的重负下走向灭亡。

然而，从我下定决心再不离开哀涅野去寻求无人施舍的帮助的那天起，这最近几年间，孤独感变得如此强烈，甚至让我失去了对时间的概念和记忆。这已经不同于萨比娜去世后第一个冬天侵袭我的那种莫名的茫然，而是我已经无法记起前一天发生的事情，甚至无法记起它们是否真的发生过。我也不再像从前一样，还能感受到时间夹杂在我的血液中，周而复始地淌过我的血管。时间仿佛骤然停止，心脏也如同哀涅野那些果树上的果子一样全盘腐坏，时光就在这样的心上滚落，我却几乎全然无知。这种感觉最初还让我颇为惊恐。午夜时分，它像噩梦一样频频来袭，我只能辗转反侧，好保持清醒，生怕自己一旦被睡意征服，就再也无法醒来。可我终究还是一点点习惯了这感觉，甚至开始放任自己，在被晕眩主宰之时去品尝一丝别样的快意。这快意就像我小时候在河里洗澡，一动不动地趴在水里，任凭水流将我拖向磨坊下那一条条有去无回的暗道。不管坐在门槛边还是厨房里，也不管我平静冷漠的目光是远眺山景还是近观烛火，同样的感觉总会次次袭来，纷杂混乱，安危并存。

不同的是，在河里我能随时停下，能在最后一刻逃离水流，挽救自己。而眼下，这激流就在我的体内。就算感觉不到，我也深知，它就像一条隐形的河流在我血管间流淌。当时间的风暴最终来临，它会无情地把我推进死神那一道道没有尽头的深渊沟壑，而现在，我已离这深沟越来越近。偶尔，当孤寂超越了宁静，我会感觉到死亡那无比暴戾的身影已近在咫尺，我只得跨出门槛或离开厨房，一连几小时游荡在河边，好忘掉自己血管中那一潭死水的呻吟。

有一次，记不清确切日期了——每当回忆这些年的生活，记忆都像冰霜一样无力——我坐在河边，夜幕在突然之间降临。是的，这我倒还记得，那是十一或十二月一个冷飕飕的下午，寒风吹过河面，杨树已经掉光了叶子，我不挪窝地坐了好几个小时。小狗趴在水草丛中望着我，大概暗自诧异为什么我迟迟不愿回到火炉边。它一定很冷，可我还是裹着外套坐在那儿，默默看着夜幕在河岸树丛间降临。我感到肺里异常寒冷，甚至比河水还冰。说不清为什么，我突然害怕回家，害怕再一次面对厨房里默不作声的母亲。虽然我已经慢慢习惯了她的存在，每晚迫于无奈与她共享回忆和炉火，可她那死人的苍白和沉默还是像第一天一样让我烦闷。

夜幕在河上徐徐降临，把树荫和我的迟疑通通收进它的阴影。夜色里，河流仿佛焕发新生：夜风开始在水仙和灯芯草之间呜咽，水流温柔地吞没了浪花无休止的残破回声，激昂的水声顿时被模糊的阴影和凌乱的杂音取代。树叶鸟语的低吟浅唱与夜风和水流融为一体，让这条河变得神秘莫测，又咄咄逼人。小狗走到我身边坐下，双耳竖立，警觉着每一丝声响，也不知它是来陪我，还是向我寻求陪伴。也许它在水仙和灯芯草之间听到了低沉的吠叫。我也没能待太久，我知道母亲已经按惯例在厨房等我——夜色中，村子里飘过来的烟味告诉我，母亲已经自己生好了火——我也知道，如果我再不回家，她就会来河边找我。趁她没到，我起身上路了。我稀里糊涂，没搞清方向，纵身一跃，跨过木桥，向远离村子的那头去了。

小狗困惑地看着我，甚至停下脚步犹豫了一阵，不知道要不要跟我走，不过它很快追上了我。我们在通往白蒲萨村的路上缓缓走进橡树林深处，把青烟和河流抛在身后，越来越远。夜一片漆黑，大概是我记忆中最黑暗的夜晚了。白天时，云雾越积越密，到了晚上，它那无边的阴影发出的黑光与橡树的影子交织在一起，终于让我和小狗迷了路。好长一阵子，我们试图找到方向，却在执拗的探寻中愈发迷失。真是怪了，我和小狗对这座山了如指掌，我们走过那么多次，就算闭着眼睛也分得出每座山丘、每棵树木，可那天晚上，我们却莫名其妙地迷路了，谁都分不清方向。荆豆和橡树好像故意东跑西藏，戏弄我们取乐。仿佛一瞬间，新的秩序笼罩了周遭，而通往白蒲萨村的路已在我们脚下化为乌有。我不知道我们找了多长时间，甚至不知道我们是不是曾穿过正确的道路而浑然不觉。我只记得，绕过一个山丘后，索雷波多岭上那座破旧的老屋烧焦的木头和倒塌的墙壁猛然映入了眼帘。

看到那房子和路都近在眼前了，筋疲力尽的我背靠一棵橡树坐到了草地上，累得几乎喘不过气。小狗和我一样，呼吸急促，神情紧张，双眼一刻不离地紧盯着那栋烧焦的房子。显然，它不喜欢这儿。那场可怕的大火似乎是从烟囱开始燃起的，它突袭了熟睡中的索雷波多岭上那家人和他家畜棚里所有的牲口。尽管那时小狗、狗妈妈莫拉，甚至莫拉的妈妈的妈妈都还没出世，可时隔多年，砖墙的惨状和房梁散发出的焦臭味仍让小狗排斥不已。我也一样。我还记得当时自己才十五岁，和哀涅野、白蒲萨村的乡亲们一道上山救火。那晚，各个村子的警钟一直响到天亮。困在畜棚里的牲口的惨叫声，还有那可怜的老妇人不绝于耳的恐怖呻吟依然在我脑海中挥之不去——她的头发和脸庞都被烧焦后，还挣扎了一个钟头才死去。所以每次路过那儿，不管是去白蒲萨村还是回家，我都会画着十字，加快脚步通过。可那天晚上，我坐在橡树丛中，小狗在我身边，近在咫尺的残墙不但没让我焦虑，反而平息了我的狂躁，让我冷静下来。在山上折腾了好几个小时后，我终于找到了方向，找到了回家的路。

就在我有了点力气，准备起身回家那一刻，我突然听到那栋屋子的断壁残垣中传来令人心悸的呻吟。小狗开始咆哮，我胆战心惊，浑身发抖。尽管如此，我还是朝房子走了几步，就那么几步，刚好让我看见了她：老妇人已经朝我迎面走来，直盯着我双眼，苦苦哀求，仿佛从火灾那天起，她就一直在废墟中等待有人回来救她。

是的，的确是她，依旧穿着那件破破烂烂的睡衣，依旧是那头热气腾腾的白发和那张烧焦的黑脸。我惊慌失措，连连后退，转身就往山上跑。小狗连滚带爬跟着我翻过山丘，不断叫唤。一时间，整座山好像都晃动起来，一棵棵橡树在我脚下无声地后退，荆豆就像被丢进了厨房灶火般嘎吱作响。荆豆和橡树上方，一股浓稠神秘的黑烟一点点笼罩了整个山头，充满了我的视线。我在浓雾中又看见了那个老妇，她在山峦尽头等着我，像一道祈求救援的黑色幽灵。我没有停步，转身往右跑向灌木丛。可她又一次出现在我眼前。她的身影无处不在：每个山头，每棵树后，每片阴影里，每个路口拐角。我再怎么跑也是白搭——不管我跑到哪儿，她都在前方等着我，不知疲倦地发出令人心悸的、撕心裂肺的呻吟：给我水！杀了我吧！给我水！杀了我吧！……

13

给我水！杀了我吧！

是谁在说这话？这不知疲倦的单调嗓音，究竟是谁的？

是老妇人？还是我自己的声音在不断重复这些话？

还有那呼吸，是我自己？还是我女儿那迟迟咽不下的最后一口气？

烟雾炙烤着我的双肺，让我喉咙干涩，嗓音里掺进无数别人的回声和节奏混乱的呼吸：爸爸！我渴！……给我水！杀了我吧！……我要死了吗？……给我水！杀了我吧！……爸爸！我怕！……给我水！杀了我吧！……给我水！杀了我吧！……是的，我快死了。我的确快死了。我也确实口渴，还发着烧，还感到害怕。我在垂死挣扎，所有死人的声音都在我胸间回响，这辈子所有抽过的烟头都在我胸口灼烧。这辈子，就快走到尽头。

我从枕头上抬起头，想在床栏寻求一丝凉意。我呼吸得深沉、缓慢，好让冰凉刺激的空气渗入肺里。在完全恢复意识前（——真的完全恢复了吗？），我又一次听到了老妇人的呻吟：给我水！杀了我吧！……给我水！杀了我吧！……

给我水！杀了我吧！

但凡哀涅野还有人在，我也会像老妇人一样苦苦哀求。但凡哀涅野还有人在……

可我孑然一身，孤独至极，与死神面面相对。

14

我多次听说，人在临死时，哪怕亲人乡邻环绕四周，也总是得独自面对。说到底，每个人都得为自己的生死负责，而生死也只属于他本人。可如今，当我走到生命的尽头，当黄雨在窗外宣告死神的降临，我相信，就算只是来自同类的一个目光、单单一句欺骗或安慰的话，都足以——哪怕只在短时间内——打破我此刻巨大的孤寂。

天已经黑了好几个钟头，黑暗隐退了周围的空气，所有物品，连同这个家都沉浸在一片死寂之中。还能有什么比这更接近死亡？还能有什么地方的寂静比现在我周围的更加透彻？恐怕没有。恐怕当死神彻底统治这一切时，不管是我记得的，还是我看到的，一切都不会改变。越过这黑夜，越过我的躯壳，一切都会继续，继续回忆，继续凝望。一切都会继续死去，直到有人前来，将它们从死神的巫术中解救。

直到有人前来解救它们。可那要等到什么时候？要等多久才会有人找到我？要等多久，我的灵魂才能最终在我的躯体中安息？

哀涅野还有人烟时，死神在村里的停留时间从不会超过一天。每次有人去世，消息一家家传开，传到村子边上，最后得知的人就走到路当中，把消息告诉一块石头。这是摆脱死神的唯一办法，也是转移死神那无尽毒液的唯一希望——或许有一天，某位不知情的路人会带走那块石头。好几次都是我摊上做这事儿，比如老贝斯科斯去世的消息就是这样。另一次是伊莎贝尔家的卡斯米洛，一天夜里被发现死在通往科蒂亚斯的路上，身上有好几处刺伤。他下山到菲斯卡集市贩卖羊羔，却再也没能带着钱回来。十天后，科蒂亚斯的一位牧羊人在乱石堆中发现了他的尸体。当时我在山口放羊，成了最后听说这个消息的人，于是那晚，趁众人熟睡，我找到发现尸首的地方，在强盗用来掩藏尸体的石堆中捡出一块，向它通报了卡斯米洛的死讯。

萨比娜死后，我没有告诉石头，而是讲给了园子里的一棵果树听。那是棵盘根错节、快要枯死的老苹果树。当年我出生时父亲将它种在井边，想看着我和它一起长大。萨比娜去世时，这棵树年近六旬，之前几乎从未结果，却在第二年春天花满枝头，到了秋天，果实把老树压弯了腰。我一口没尝，让那一个个黄澄澄、果肉丰满的大苹果烂在了枝头。我知道，苹果里那死神的毒液会让果树更加枝繁叶茂。

如今这毒液就在我的血管内温柔缓慢地流淌，而哀涅野再也没有任何人可以在我死后将我从死神手中解救出来。我会是唯一一个、第一个和最后一个得知自己死讯的人，所以我该自己走到路上，告诉某棵树或某块石头：我死了。可我做不到。我也没法像萨比娜去世时那样，到白蒲萨村请乡邻们帮忙，帮我安葬自己。除了等着他们来找我，我别无选择。我就躺在这张床上，盯着房门。鸟儿和苔藓啃噬着我，死神的毒液慢慢腐蚀着我的记忆。

15

时间缓缓流逝，黄雨击碎了贝斯科斯家屋顶的影子，迷糊了月亮完美的轮廓。还是那一成不变的秋雨，埋葬了房屋也埋葬了坟墓的秋雨；催人老去的秋雨；一点点蚕食了世人容颜、书信和照片的秋雨。它在那个夜晚的河岸深入我灵魂，从此陪伴我度过整个余生。

的确，从在河边那晚起，雨水就一天天淹没了我的记忆，将我的目光染成昏黄。不只是我的目光，还有高山、房屋和天空，还有悬挂其间的片片回忆。最初，一切还缓缓而来，随后便一如这岁月般匆匆，我周围的一切都已被染成昏黄，似乎双眼无非是周遭风景的再现，而风景，只是我自身的倒影。

最初变色的，是长在每家每户，还有河边的荒草和青苔，随后是天空的轮廓，接下来，岩石和浮云也开始变黄。树木、水流、白雪、荆豆，甚至连泥土也一点点从它深深的黑色转变为萨比娜那一个个烂苹果的黄色。起初，我以为一切只是我双眼或灵魂的幻觉，只是一场过眼云烟，可这幻象一直跟随着我，越跟越紧，越来越真实，越来越确定，直到有天早上，我起床开窗，看到村子里的家家户户都已经被染成了黄色。

我还记得我梦游般在村子里晃悠了一整天。尽管一切看上去如此真实，我却无法相信自己的眼睛：高高低低的墙壁、屋檐、家家户户的门窗、我周围的一切，全是黄色，秸秆一样的黄色，或是暴雨将至的午后的黄色，又或是梦魇中闪电的黄色。我看得到，感觉得到，还能用双手摸得到。这颜色就像我小时候在学校玩耍的墨水一样，晕染了我的眼底和每一根手指。我以为是幻象，以为是双眼和灵魂短暂错觉的一切，其实如此真实，跟我还活着这件事一样真实。

那晚我没能睡着。我裹着毯子，在窗边坐到半夜，眼看落叶一点点覆盖了屋檐和街道。楼下门廊里，小狗哀嚎阵阵，母亲则在厨房来来回回，给炉子添加柴禾。她俩一定挺冷的吧。天快亮时，大概早上五六点，我看到母亲带着小狗出了门，消失在栋栋房屋间。这情形跟萨比娜在世时一样，小狗在深夜跟着她，陪她在雪地中疯狂无休止地游荡。可这次，没过多久，夜色刚开始在灰蒙蒙的晨光中消散，小狗就独自回来了。它在家门前窗户下停下脚步，默不作声，死死地盯着我，像是第一次看见我一样。然后，迎着一天中第一道微弱的晨光，我发现，小狗的影子也变成了黄色。

这既不是我最后的发现，也不是最残酷的发现：我很快看到，自己的影子也成了黄色。其实那时我已经开始慢慢适应所有颜色、所有影子都灰飞烟灭，开始习惯我为此而感到的忧郁和哀愁。我已经明白，腐化变质的不是我的双眼，而是色彩本身。这种腐烂，我在天空中看得到，在河水的反光里看得到，在每间屋子里也都看得到，寂静和潮气在这些屋子里融成了一团团暗黄稠密的瘴气，仿佛连空气都已经腐烂，仿佛景物和时间在接触到萨比娜的苹果树后也已经一点点腐烂。在确认小狗死去的那晚，当我意识到这一点，我毅然拾起斧子，把果树连根砍断。可我很快发现这无济于事。死神的津液已经侵蚀了整个村子，腐蚀着木料，吞没了每家每户的空气，像一团泛黄的潮气，缓缓浸透了我的每根骨头。我周遭的一切都已失去生命，而我，哪怕心脏还在跳动，也并不例外。

直到今晚，我的心脏一直跳动，从未停歇。不过几分钟，或许几个钟头后——总之天亮前，它就会像一块破表一样停下来，无法再感受到次次跳动中那梦的眩晕。这梦就像冰块：既能麻木知觉，也能摧毁身体，还能将触碰它的人封存在最甜蜜的内心深处。多少次我坐在窗边，都会想起童年的漫漫长夜，那时我还不知道孤独为何物，害怕的感觉也只是隐藏随之而来的梦境的面纱。多少次，当夜晚像死亡的空间一样在我眼前无限延展，我曾祈祷梦里的白雪能把双眼封冻，哪怕我一睡不醒都不要紧。可我的祈祷从未成真。我再也没能感受过大雪穿透我的躯体时那战无不胜的魔力。漫长的夜晚咄咄逼人，我要么一动不动躺在床上等它远去，要么不知疲倦地在家里走来走去，小狗在走廊里呜呜哀叫，母亲则坐在厨房等我。偶尔几次，当心跳激烈得像要爆炸的钟表，几乎要在墙壁和我的骨头上激荡出回响，我会放弃又一个不眠之夜，起身到村子里，一连几小时游荡在家家户户孤独的废墟中，直到黎明唤醒不知坐在哪个角落、惴惴不安又疲惫不堪的我，我几乎无法记得自己是不是在哪个地方睡着过，抑或是刚刚坐下。

我已经记不得我有多长时间没睡觉了。几天，几个月，几年，都有可能。生命中，会有那么一刻，记忆和岁月混为一体，在那模糊而又神秘的一刻，记忆如同冰块般破裂，时间凝作一道静止不动、却无法捕捉的风景。也许已经过了好几年——或许某个地方，会有人在计算着年头吧。或许也不是，或许眼下仍是我意识到自己已经死去的那晚，所以我才没法入睡。不过，是哪种情况又有什么关系？究竟是过了一百天、一百个月还是一百年，这又有什么关系？岁月如此匆匆，我根本来不及看它如何溜走。可如果今晚真的是那个黄昏黑暗而无尽的延续，那又何必去唤起虚无的时间？那不过是我心上的一捧黄沙而已。

16

寂静如黄沙，弥漫我的双眼，这黄沙，狂风也无法驱散。

寂静如黄沙，埋葬座座房屋。这些房屋，也如黄沙般飞扬湮灭。它们的哀叹在我耳畔响起，如此孤寂，如此阴郁。这哀叹，在风中，在原野窒息。

这座座房屋，会在绝望中凌乱无章地倒下，一栋拖垮另一栋。有的会在苔藓的重负下，缓缓地、缓缓地塌陷；而另一些，恐怕会笨重地轰然倒地，活像被耐心无情的猎手一击毙命的猎物。可无论抵抗的时间长点儿也好，短点儿也罢，早晚有一天，所有的房屋都会归还本就属于大地的一切——从哀涅野的第一个居民开始索取的时候起，大地就一直等着这一天。

或许我这栋房子会是倒下得比较早的（说不准那时我还在里面呢）。查诺和劳洛的家已化为平地，胡安·弗朗西斯科和阿辛家的四壁也连同回忆一道，被杂草和灌木吞没，所以在这些依然挺立的房子中，我家这栋算是年岁较大的了。可谁知道呢？或许它能一直挺立，或许它会跟我一样，绝望而又坚韧地忍受到最后，看着自己一天天愈发孤单，看着其他房屋一栋接一栋地抛下它，正如我的邻居们一个个抛下了我。说不定多年以后，安德烈斯回来，带着家人参观哀涅野，还能看到这个家，默默矗立在此，那是他的父辈奋斗的回忆，也是他遗忘我们的见证。

不过这不大可能。如果安德烈斯回来，看到的大概会是一堆废墟和灌木。如果他回来，会发现荆棘封路，水渠堵塞，茅屋房舍都损毁殆尽。曾经属于他的一切都将不复存在。老街不在，果园不在，他曾呱呱坠地的房间也不在。他出生那天，皑皑白雪几乎有齐屋那么高，狂风肆虐在大路小道。可是，会让安德烈斯深感悲痛的，大概不会是白雪。他会在荆棘丛和腐烂的木料中艰难寻找，在古老墙壁的废墟中奋力搜寻，说不定能找到把破椅子，或是他童年夜晚紧紧依偎的老壁炉落下的一块石板。但也就仅此而已。不会有似曾相识的面容，不会有任何生命的痕迹。当安德烈斯回到哀涅野，只会发现一切成空。

安德烈斯回到哀涅野前——如果他回来——恐怕已经有很多人来过了：从白蒲萨村，从埃斯比雷，从奥利万、苏辛，还有从耶塞罗归来的牧民、从别斯卡斯赶来的吉卜赛人。所有的老邻居，各色人等，都会趋之若鹜地赶来，分食这个我为之奉献了生命的村庄里的战利品。他们会破门而入，将茅屋和房舍挨家挨户洗劫一空。衣橱、床铺、箱子、桌子、衣服、畜圈、工具，还有锅碗瓢盆，哀涅野的居民们在几百年里艰辛劳作置办起来的家当，都将一件一件落户别处，说不定还会进到韦斯卡或萨拉戈萨的某座商场呢。这样的事儿已经发生在了巴萨兰、西亚斯、卡斯瓦斯和奥塔尔，还有艾斯卡丁和贝尔古亚，很快也将发生在耶塞罗和白蒲萨村。

我活着时，没人胆敢前来拿走乡邻们留下的家什。奥雷里奥那事儿之后，已经没有人有勇气跨越竖立在我和他们心中的那道壁垒。我曾看见有人在路上鬼鬼祟祟，还有人在远处树丛间窥视村子，可一看到我，他们全都落荒而逃。大概他们都害怕我在奥雷里奥家门口发出的警告会在他们身上实现。

而他们不知道、也永远不会知道的事情是：看到他们，我也害怕。但我怕的不是他们，不是他们的猎枪，而是我自己。我怕如果某天在山上我和外人面面相对，自己会手足无措。事实上，奥雷里奥的事儿纯粹只是我的提醒，我那样做的唯一目的只在于恐吓，好让任何人不再来打扰我，但其实我从没真打算把这威胁付诸实践。我甚至——至少在当时——没想过，如果他再回来，我是否真有本事冷血无情地朝他开枪。所以，每当看到有人在路上探头探脑或从山上窥视村子，我都会害怕——害怕自己的猎枪和冷血，所以我才会躲起来。

可我很快就要死了。几分钟，或者几个钟头后，总之会在天亮前，我就会跟其他死人一道围坐在炉火边，而哀涅野则会彻底空无一人，毫无招架之力地暴露于那一双双虎视眈眈的眼睛下。可能他们还要过一阵才走上前来，可能他们还在确认我是不是真的死了，确认我不会端着猎枪出来迎接他们。一旦白蒲萨村的人们意识到我终于长眠于地底之后，所有人——恐怕也正是这些白蒲萨村的乡邻们亲自带头——都会如蚁附膻，拥入这个没有防备的村庄。很快，这村庄也会随我一同消亡。所以，如果安德烈斯回来，除了一大堆灌木和废墟，他什么也不会找到。

不过安德烈斯可能永远都不会回来。纵使时光无情，缓缓流逝，他也会一直记得他临行前夜，我说的那句话。恐怕这样再好不过。或许我今早就该把这话写下来，放在床头柜上，好让从白蒲萨村来找我的人看得到，并再次提醒他：永远别再回来。这样，他至少不会像他的父母那样，因为看见沦为平地的故乡和藤蔓掩埋的家园而倍感苦楚。

不过已经来不及了。眼下我甚至来不及设想，如果安德烈斯没有背井离乡，而是决定留下来陪伴在父母身边，这个村子、这个家此刻又会是怎样一番景象？一切都来不及了。黄雨模糊了我眼中的月影，静夜中，我听到远处传来了无生气、荒凉悲苦的呻吟，像是荨麻在我的血液中腐烂的声音。那是死神湿淋淋的低语正朝我步步逼近。我曾在女儿、父母的房间听到过同样的低语。这低语在座座坟茔间、在一张张褪色的照片中发酵回响。当哀涅野已无人聆听，这低语会是唯一的声响，和树木一样，随夜色滋长，在雨水和三月阳光下腐化殆尽。在房屋接连垮塌时，在孤寂和荨麻抹去曾经的居民们建造的墙壁和房屋、毁坏他们遥远的回忆时，这低语会侵占每条走廊、每个房间。可谁也不会听到它，蝮蛇听不到，鸟儿也听不到。不会有任何人像此刻的我一样，屏气聆听这死神的枝蔓和寒意掠过石头、浸入我的血液时所发出的青湿叹息。或许多年后，会有某位行者经过这栋栋房屋，却全然不知，他的身旁，曾有过一座村庄。

只有当安德烈斯回来，只有当他不再介怀我曾经的威胁，或者当他晚年思乡，他或许会在乱石废墟中寻找，会在杂草中筛寻父母的回忆。谁知道呢？或许他还能在荆棘中找得到刻着我名字的石块，找得到墓碑的一角——很快，我将沉睡在此，等他归来。

17

今天早上，我用尽最后一丝力气，靠着仅有的一把铲子，在萨比娜和萨拉的墓穴间，亲手挖好了自己的墓坑。之前我还用镰刀割除了墓地门口的荆蔓和厚重的荨麻屏障，它们已经把墓地盖了个严严实实。自从萨比娜下葬后，我再也没来过这儿。

或许会是在很久以后，当这块土地再次污水横流，遍布荨麻，众人看到这座坟墓，肯定会想：索萨斯家的安德烈斯，哀涅野的最后一个居民，果真如传闻所言，已经疯了。除了临死前的疯子或临刑前的死囚，谁会亲手挖下自己的坟墓呢？

可是我，索萨斯家的安德烈斯，哀涅野的最后一个居民，一不是疯子，二不是死囚，除非，对回忆和家园至死不渝也能叫“疯”；除非，众人的遗忘正是对我的审判。我亲手挖掘坟墓，只是为了能与自己的妻女合葬一处。

其实我还想亲手给自己做口棺材，以前我为父母做过，父亲也为他的父母做过。事到如今，已经没人能为我做了。可我也没做得成。我备好的木材还潮湿得很，那是我在春天月亏时分砍下的，选这个时间砍树，是为了让学校里那棵老椴树少遭点儿罪，也让木材在地底下更耐用。这一招还是我小时候跟父亲学的。我们可能注意不到，其实一棵树也是有意识的，它能感知欢乐，遭受苦楚，当斧子劈进它的躯干，它会疼痛扭曲，身体上会留下裂痕和疖斑，而日后，霉菌和蛀虫正是从这些地方乘虚而入，指不定哪天就把树皮毁得稀烂。而在月亏时分，树木正在酣睡，这情形就像人类骤死：熟睡中的树木根本反应不过来自己被砍断了枝桠。这样砍下的木材也会光滑、紧致、结实，可以长时间抵御地底的侵蚀。

我一直渴望这样死去：像一棵沉睡的树，一棵被蛊惑的椴树，死在宁静的夜晚，死在月光笼罩下。可就连这个愿望，上苍也没有眷顾我。此刻垂死的我，不仅孤单无助，还每时每刻都能感觉到冰雪如何侵入我的血液深处。死亡的大门前，我不仅头脑清醒，而且毫无困意——从好多天前开始，我就已被睡意和它的玄妙无情抛弃。雪上加霜的是，月亮不但没来给我催眠，没在我面对死神时助我一臂之力，反倒是隐匿无踪，也弃我而去。

我身边空无一人，连小狗也不在了，母亲也走了。今晚她没来陪我，可能她跟萨比娜和萨拉一道，正在墓地等我吧，而小狗，它已经躺在了路边的乱石堆下。可怜的小狗！我竭尽全力，内心挣扎，都没法忘记它最后的那一眼。它肯定永远想不通我为什么要这么做，永远也不懂，当我和它阴阳两隔，我是何等痛苦。这些年来，它是唯一与我不离不弃的生灵，就在今早，它还跟着我到了墓地，守在门口，一动不动，眼神诧异，像是想弄明白我那个墓坑是为谁挖的。随后它跟我回家，趴在门槛边沙发下，一如往常，准备看着又一个午后时光缓缓地从路旁溜走。看到我提着猎枪出门，它两眼放光。我们已经有一阵子没上山了。它又跳又叫，冲了出去。跑到教堂时，它转过身子，眼神一下子愣住了，像是在责问我干吗用枪对着它。我一刻也不能再忍受它悲伤而忠诚的目光，我没有犹豫，闭上双眼，扣动扳机，听到枪声在房屋间回荡，残酷无情，无穷无尽。上苍保佑，子弹打中了它的脑袋。那是我仅剩的一颗子弹，从好几年前开始，我就为小狗留着。

18

谁对我也不会有这番心思。就算我自行了断，也没人会记起我。

如今我彻底孤苦无依，像狗一样啃噬着自己的孤独和回忆。

我被遗弃在此，像一条体弱多病的老狗，任由孤独和饥饿啃噬我的骨血。

如果我的枪口对准的是自己，如果我没有存下那最后一颗子弹，如果我没有勇气朝小狗开枪，那最终将会是它来啃噬我的骨肉，会是它，早晚有一天，在我的残尸上寻求餍足。

因为，就算我死了，它也不会离我而去。就算一连几天看不到我，听不到我的脚步在家里响起，它也绝不会离开哀涅野，到别处另寻主人，另求庇护。它会一直等在这里，一步都不会离开门槛，白天监视着村子入口，夜晚对着月光哀嚎。有一天，当一切行将终结，当它连站起来的力气都没有，当它涎水长流，两眼发昏，它会趴在角落，就像今晚的我，孤零零地等候死神来临。

加文家的狗就是这样。那只在他生命的最后十五年里一直跟着他的老牧羊犬，在加文死后，无依无靠，跟老家伙阿德里安一样，没有家，没有主人，也没有羊群照看。一连几天，牧羊犬都趴在门口，几乎一动不动，日夜哀叫。我和萨比娜时不时给它一点我家小狗——那时它还是小狗崽——不吃的硬面包或肉骨头，可牧羊犬连碰都不碰一下，甚至根本不让我们靠近屋子。每次它满怀敌意，远远地朝我们咆哮，我们只好把食物装进盘子，放到街角。有天晚上，我再也受不了它凄惨的叫声，抓起猎枪出门，打算彻底了结它。但天色太暗，我失手了。牧羊犬鲜血淋漓地逃开，发出痛苦的惨叫。一连三四天，我们都听得到它从山上传来的哀嚎，直到有天晚上，不知是失血过多，还是遇到了狼群，它才终于彻底闭上了嘴。

同样的事会很快发生在我身上。我又算什么？也就是一条狗而已。这些年，我形单影只，除了是这个家、是哀涅野最忠实的看家狗，我还能是什么？

这些年来，我形单影只，没人关心，注定只能啃噬自己的回忆和骨肉。我日夜守卫哀涅野的大道小巷，不让任何人靠近村子。这些年来，我形单影只，和一条狗别无两样，我看着日月流逝，眼巴巴盼着他会记起我，只有他，才能像今天早上我对小狗那样对我。

19

我从没惧怕过他，连小时候都没有，连黄雨向我透露他的秘密的那晚也没有。

我从没怕过他，因为我一直知道，他也只是个孤单可怜的老狗猎手。

那一次，他没有现身，我甚至在想，可能连他也忘了我还活着。我差点儿就做了他对萨比娜做过的事，可我没力气了，我的想法也只能是想想而已。我总是在最后一刻失去了在自己口中扣下猎枪扳机的果敢，不敢尝试让子弹爆头而过。

不过我从没怕过他。这些年来，我无数次在夜里祈求这位老狗猎手像今早我对小狗下手一样，利落地对我下手。

可他迟迟不遂我愿，迟到我都以为自己有能耐忍受这一切了。我等了他太久太久，此刻，我甚至害怕这一切到头来只是大梦一场，害怕我会醒来面对又一个黎明。

但这不是，不是一场梦。他在静夜里呼唤我的名字，他正沿着楼梯缓缓走来，正穿越走廊，正在靠近我眼前这扇房门，可我已经什么都看不到了。

20

会有人点燃蜡烛，照亮我空洞的眼眶。众人会把蜡烛立在床头柜上，然后走开，再次留下我孤身一人。

他们会在厨房待一整夜，会在这么多天后，又一次点燃炉火，一分一秒挨到天亮。只要天没亮，没人有胆子回到这楼上，查看蜡烛是否还燃着。天亮前，他们连走出厨房都不敢，只能围着柴火坐一整晚，连跟平时一样讲个故事逗乐的兴致都提不起来。他们不会知道，我母亲的身影近在咫尺，与他们一同围坐在火炉边。

厨房里漫长的等待后，黎明终于到来，众人会感觉怪异，像是经历了一场黑暗无边的噩梦，他们会齐齐回到街上，呼吸着霜冻过的冰冷刺骨的空气，恐怕有人还会认定刚刚过去的一夜无非是对那一个个已经忘却的童年模糊夜晚的可怕回忆而已。不过窗边映出的烛火，还有那股腐烂的水果味儿会提醒他们，我还在楼上呢。到了那天早上，这味道还会像此时一样，弥漫在萨比娜的尸血浸染的苹果树周围。于是，众人一秒钟都不会耽搁，好像早有计划一般，有的去各家各户寻来木板——破破烂烂、七零八落的木板，全是从房门和地板上拆下来的——剩下的人回到我这儿，用一床毯子裹着我，把我搬到厨房。

一旦他们做好棺材，我立刻会被抬出厨房。我肯定等不到白蒲萨村的其他乡邻们赶来，恐怕也压根儿就不会有人去通知他们，也不会有人想到下山去奥利万找来牧师主持葬礼。棺材一做好，众人会一言不发，亲自抬着我穿过满是杂草和荨麻的巷子，来到我今早在萨比娜和女儿身边为自己挖的坟墓前。他们恐怕连一句悼词也不会为我念诵，就用我早上忘在那儿的铲子往我身上盖土。终于，到那时，我，和哀涅野，都会完结。

众人可能还会在哀涅野待上几个钟头，在家家户户搜寻点儿还用得上的工具、家具、床铺什么的。空无一人的村子和已经长眠于地底的我无疑会让他们倍感轻松。说不定他们还指着回去前能搜完所有房屋呢。不过一旦过了正午，风儿又一次沿着街道敲打门窗，他们会收拾起家伙，踏上前往白蒲萨村的返程。

于是，当大伙儿回到索雷波多岭，肯定又是日落时分。厚重的黑影会像浪潮般逼近山峦，血红的残阳即将落下，无力地照射着一簇簇荆豆和大片废墟瓦砾。在那场侵袭了包括牲畜在内、熟睡中的索雷波多岭上那家人的大火发生前，这片废墟上曾是他家那孤零零的老宅。领队可能会停下脚步，打量这片废墟，打量这无边无垠、晦暗孤寂的景色。他会默默地画十字祈祷，等着其他人赶上来。聚齐后，就在那烧焦房子的老墙边，大伙儿会齐齐回头，看着夜色又一次笼罩哀涅野的座座房屋、棵棵树木，会有人又一次画着十字，低声念诵：

长夜与故人同在。

译后记

胡里奥·亚马萨雷斯是西班牙作家、记者，一九五五年出生于西班牙莱昂省的贝加米安，但作家年幼时，这座小村庄却在一次水库垮塌事件中被淹没，随后作家全家迁往同省的萨维罗。村庄的毁灭以及对于童年和少年时代的回忆，都为亚马萨雷斯后期的创作提供了素材和灵感。

虽然亚马萨雷斯在大学学习的是法律专业，但他热情投身于文学创作，一九八五年，其小说处女作《月夜狼影》问世后，大受欢迎；发表于一九八八年的《黄雨》更是收获了如潮好评，在上个世纪八十年代的西班牙文坛大放异彩，掀起了至今未退的阅读高潮。

亚马萨雷斯现居西班牙首都马德里，涉猎的文学体裁种类丰富，除了长、短篇小说，还包括诗歌、散文、电影剧本等。其作品多以优美的语言、细腻的情感见长，对于乡村生活饱含深情，曾两次获得西班牙“国家文学奖”及其他多项大奖。

为了更好地理解《黄雨》中的场景原型，读者有必要大致了解小说中几处主要地点间的关系：韦斯卡紧邻比利牛斯山麓，是西班牙北部的阿拉贡自治大区最北的省份，首府城市也叫韦斯卡。上加耶戈地区位于韦斯卡省北面，小说中出现的小城萨维尼亚尼戈和小镇别斯卡斯都位于这一地区，是哀涅野的居民迁徙离开后的主要目的地。而哀涅野则是别斯卡斯的一座小村庄，地处偏远，海拔近一千四百米，最后的居民已在上个世纪七十年代初搬离。小说主人公多次提到的白蒲萨村以及埃斯比雷、奥利万、苏辛等小村都分布于哀涅野附近的山间，人烟稀少。不过近年来，这片地区以其优美的山村景色和颇具沧桑感的民宅废墟，越来越受到远足旅游爱好者的青睐。

《黄雨》采取了回忆叙事的手法，以主人公——哀涅野的最后一位村民——在生命最后一夜的内心独白为开场展开叙述，并以此为时间参照点，在“过去”和“现在”之间穿插讲述了哀涅野从人烟稀少到彻底荒芜这段时期中，主人公的生活经历和心路历程。虽然小说反映的是比利牛斯山区人口减少这一现实的社会话题，读来却毫不乏味。一方面，主人公独居荒村数十年的经历已足以让人不寒而栗，而作品中四处游荡的亡灵、挥之不去的死亡阴影几乎会让读者以为这是一个“鬼故事”，开卷便有欲罢不能之感。另一方面，静心细读，主人公对于家园败落的惋惜，对于亲朋好友相继离去的痛心，以及在孤独中缓缓走向灭亡的绝望无不哀婉动人。这一切通过作者诗意的语言娓娓道来，又让人不由掩卷沉思。

随着小说叙述的深入，读者似乎也和主人公一起，在一场场“黄雨”中感受时间的流逝、记忆的湮灭、死亡的临近；也感受着人性的孤独，思考着人与自然的关系。难能可贵的是，作者在小说的字里行间触及的这一话题，不但没有随着时光流逝而淡出人们的视野，相反，在科技、自然与人性激烈碰撞的当今社会，似乎更值得世人关注。

小说虽没有波澜起伏的情节，但原文语言甚是精致，译者在翻译过程中不时被文采斐然又饱含哲理的语句打动。由于水平有限，翻译中难免存在疏漏，恳请各位读者不吝指正。